Alone Publishing
一人出版社

一個人閱讀，一個人思考

L'INCIDENT
出事情

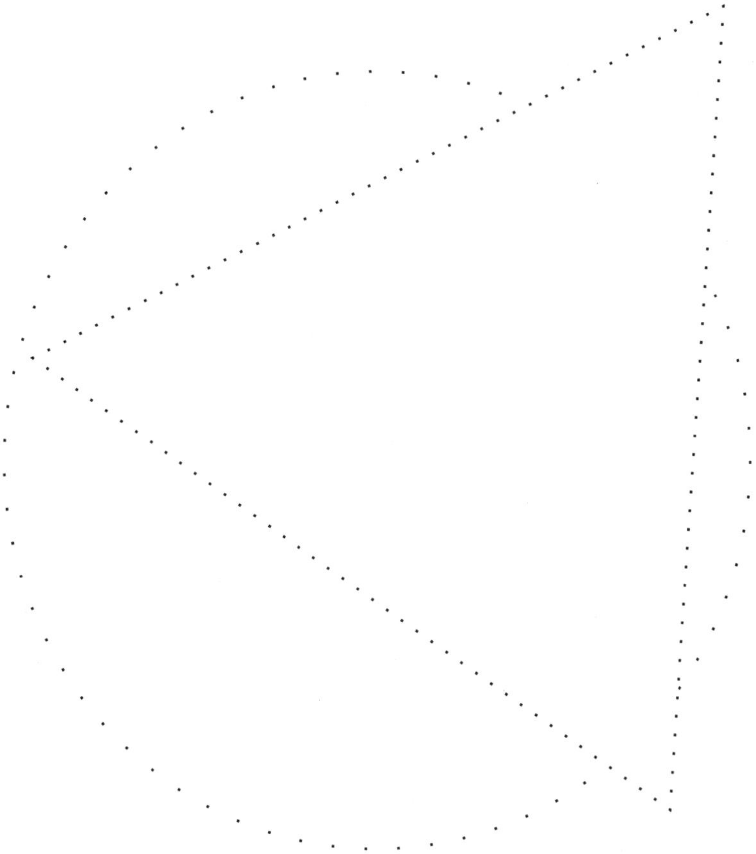

Christian GAILLY
克里斯提昂・蓋伊

陳虹君譯

不管，
我們會很相愛。

——福樓拜——

第一章
飛行前檢查

進入駕駛艙檢查：

襟翼收起，所有電源切斷，縱傾調整片無偏倚。

繞行機身一圈檢查：

燃料槽關緊，左側、機翼、翼端，皮托管乾淨，

輪胎和左起落架，引擎關閉，

汽缸入口、螺旋槳狀態，

機油閘關閉，

前輪與輪胎，輪胎和右起落架，

右側、機翼、翼端，

右側機身、靜態插孔暢通。

1

她有一雙與衆不同的腳。

就是因爲這雙腳，她一定要到那兒，如果有一雙平凡普通的腳她大概就不會去的地方。

要是其他人的腳屬於笨重型，她的腳，很輕盈；腳掌、趾頭，五個；腳跟與腳踝的基本結構儘管再正常不過，其特別之處在於長且細，並非出奇地長，一點也不算長，是其細瘦的程度讓它們顯得修長，它們實際上是出奇地細瘦。

於是她不能隨隨便便買鞋穿，她非得來到巴黎這家鞋店，啊，我忘了，店名是什麼來著，在一條距離廊柱廣場不遠的路上，它一直在那兒，一直都在，就是在走出這家店時出了事情。

什麼事？噢，沒有眞的那麼致命，沒有那麼嚴重，一場平常不過的意外，但往往尋常、平凡都能引發……引發什麼？我們來瞧瞧。

那天天氣晴朗。天是藍的，天，也只能是藍的，沒人看它但它是藍的，沒人看是因爲沒人能正眼看它，就這麼簡單，天是如此地明亮、如此地刺眼，以致於我們能說它是一個藍色的太陽。結論，天氣太好了。當太美好的時候，是令人難以忍受的。

三天來都是誇張的炙熱。有人一直在說明天會有雷雨。在巴黎就是這樣，好天氣從來持續不久，怎麼？是唷？會發生嗎？也許，但大部份的時間我們只有享受雷雨的份，就是一團很熱的空氣跟很冷的空氣相遇的結果。

氣團，這事她懂，但這天她沒想到。這天下午她是一名尋常無奇的女性，也許我們能這樣說。不過，在我看來，她怎麼樣也不會是尋常無奇的女性。

她在巴黎，所以，就是爲了買鞋。烤爐般的鞋店，或說彷如蒸汽浴室般，看人喜好，一些人說像烤爐一樣，另一些人說像蒸汽浴室，我們是有所選擇的，蒸汽浴室比喻溼熱，烤爐比喻燥熱，十足的酷熱。

她首先應該是坐著等待一位女服務員抽出空來。她希望她這筆生意能讓那位一頭棕色短髮有著男孩臉龐、一雙隱約輻射出綠影的茶褐色漂亮大眼睛、血紅色豐唇，每每服侍自己的腳時總讓她掀起一陣歡愉，一直能討她歡心的小姐來做。

接下來挑選、試穿，持續了好一陣子，關係到顏色、款式、大小，怎麼樣都沒辦法一次就配對成功，事情總是如此，假如我們希望凡事天衣無縫，搭配得宜，要的條件其實很少，甚至少都還嫌多，要的只是放棄與妥協罷了。

最後她做出決定，停駐在一個與她想找的款式相當接近的鞋前面，顏色與想像的相近，最重要的，還是百分之百的合腳。

人們將鞋子收進盒子裡，尖頭、高跟，它們像是躺在搖籃內，或像是在雙人棺材裡，戀人們的舊夢，好了，鋪上一層絲做的紙，蓋上鞋盒，放進一個綠顏色的提袋裡，提把處有一排壓力裝置系統，其中一個反應不良，當我們扣上左邊最後一個時，右邊第一個卻又自動打開了，啊，眞是麻煩。

算了，她對女服務員說。之後她付錢，告別，離開。就是在走出店家時出事情了。

馬路上有好多人。漫漫人群，沒精打采，令人不安地魚貫而行。太陽照得炙烈，對眼睛來說是一種煎熬。一條路能夠容納的東西，引起思考的東西，我們無法想像，但也許我們想像得到。一切的日常顯得索然無味，但，一旦太陽照熱地表，灰白的頭髮融化、角質汙垢滲流出來，她身下的一切都醒來了，燒灼，耗盡，我在說什麼？她煅燒著男男女女的目光。

是一名非比尋常的女人，我無法不這麼說，她有一種獨特的美感，她的優雅是如此地罕見，左手提著剛買的鞋，她想從手提包中拿出太陽眼鏡。

找到了，拉開眼鏡，食指，將眼鏡往鼻樑上一推，身心被雙重保護住了，視野與個性二者合一。

來不及關上手提包。有人衝撞了她。搶下皮包。有人？是誰？冷靜點。

她想叫。但她是如此地驚愕、不知所措，或者惱火，我覺得還有點憤慨，是囉，她氣憤，心靈受創，可恥竟與對方同生爲人。她只有獨自叨唸了一番，乏力地抵抗著，發出一些哎呀、啊唷、眞難以置信等碎語。

她想叫什麼？搶劫啊，快捉住他，別以爲她沒想到，她當然有想到，所有人在此情況下都會做如此想，好比有人溺水了，明白嗎？大叫救命、快來人，我溺水了、救救我，我們會覺得可笑，但是我們還能有什麼其他語彙的選擇呢？沒有，沒有比愛情誓言的辭彙多到哪去，我們甚至連覺得可笑的時間都沒有，我們叫救命，有人要殺我，大叫有殺手哇，不，這還叫不出來，僅止於此，受困，我們不敢，怕死了叫不出來，大家都知道，極大的恐懼都是無聲的，只有驚惶地張大口、大嘴開開，總之，她不敢叫。

她望著倫兒遠逝的背影，削瘦，一身黑衣，在這樣的熱天裡他會熱死，因爲黑色會吸收所有的熱能，偷兒身形魁梧，一束馬尾搖搖晃晃地揚長而去，她睜眼看著他逃離了好一會。

現在要幹嘛？找地方報案？諮詢？無法具體行動，太驚惶，太熱，太多人了。

或許，她有機會遇上巡邏中的警察，她到時候可以做一番解釋，他們將會想辦法安頓她，送她回家，對，也許。

她並沒有遇上警察，也不想去找，她一動也不動，矗愣在馬路上，擋路，她等著，她在等什麼？誰知道？她完全置身在偷兒腦子裡：他也許知道回頭是岸，像一位出逃的情人，停下腳步，轉身，自覺犯錯，終究，不，我不能，你不能什麼？不能沒有她。你做夢，想太多了，老太婆。

她應該可以攔下一輛計程車，可是計程車大概沒有搞懂，拒絕載她，理由是：這種事我見多了，我不放心所以不載；警察大概也會要求她坐計程車回去，但現在既沒有計程車也沒有警察，那麼問題已經解決了，她該自行想辦法。

沒錢，她需要錢，她一無所有。她有一雙新買的鞋，還鞋退錢的念頭閃過腦海。她返回鞋店。

皮革氣味撲鼻而來，她喜愛的那位棕髮女服務員的目光正在另一個女人的腳上，沒空招呼她。抱歉，您稍待一下，服務員對她年約五十來歲的客人說，然後朝她邁步過來。

什麼事不對勁嗎？她說，茫然的面孔向她接近，想著對方會說，顏色不對嗎？還是款式？您考慮過了？改變主意了嗎？

她向店員訴說剛剛的遭遇，解釋著福禍無常，她要求店家退還她鞋錢。她也請求將這雙鞋保留在一旁，我晚一點過來拿，道了謝，走出店，回家，放了一缸冷水。

冷，太冷了，她放了點熱水，在溫水中放鬆自己，思索，心忖：去派出所也不是那麼急切的事，每天都有幾百件如發生在自己身上的搶案，從來也捉不到歹徒，沒什麼理由好著急的，除了我的駕照外，早知道就開車去，我就沒必要將鞋子給退了，喔不，蠢蛋，你的鑰匙啊，它們在你的手提包裡，好險家門鑰匙我放在外套口袋，怪了，我從不將家門鑰匙放在外套口袋呀，僅僅是從鞋店回來時……啊，眞嚇人，渾身不對勁，噢，要是眞的這麼糟的話我倒是可以去喬瑟華家過夜。要不然管理員也有備份鑰匙，此外，我有那麼需要鞋子嗎？不，不是眞的那麼需要，畢竟還是需要啦，不、不，並不需要，是我的錯，只是一場慾望罷了，討自己歡心，好比買一張唱片，一種……的事，唉，也不是，冷靜，你得去備案，證件、支票簿、信用卡都被劫了，沒錯，正是如此，我得打電話給銀行，寂靜，時延，水聲，回到思緒。

我明天去，明天就把所有的事搞定，她心想，泡入浴缸的溫水中，讓肩膀沒入水被裡，不，天氣太熱了不該蓋被子，讓肩膀沒入一件溫水薄被單裡。

2

是盡頭了。秒針仍舊在硬撐著但也沒有前進至下一秒的氣力了，答、答，停格，休止，數字十、十一之間的第四格，五十四秒，差六格就一分鐘了，但秒針實在無法辦到。

喬治看著它好一會了，感動但沒有真正的同情，只有想到自己，也不想鼓舞它（秒針），甚至心不在焉地自忖，它終究是要停下來，掛了，回天乏術，我也一樣哪，爲什麼不讓我們一起停下？

他非常認眞地思索，良久。他幾乎是堅定地然後……是的，然後。總是這個然後。這個煩人的然後。您是否能替我換上新電池，他說。

他順著手腕沿著修長的手脫下了手錶。是個伸縮錶帶。這只錶帶至少有二十年了，他一直很喜歡，每每從舊錶換新錶，他都還將其留下。

最後這支錶，即喬治送修的這支，是鋼做的。他在一月的時候用四百法郎買下。那時天氣眞凍。他撐過了聖誕節。他竟還跨過了新年，慢慢地，無法入眠，放蕩的生活響徹雲霄，然後十四號這天來臨，又老了一歲，於是在生日這天買了這支錶寵待自己一下，他出生在一月，戰爭年代的某個十四號這天。

當然可以，自愛依蘿絲墓園方向過來、上坡左手邊，大陸超市內的鐘錶店店鋪的小姐說。

一位毫無美色，也不算醜的女孩，不美不醜，她就是她那個樣子，和我們大家都一樣，沒有化妝，沒有穿絲襪，得說啊，這個大熱天，沒有消暑的陰影，她穿著短少，些許寬大的骨盆，胸前也偉大，但沒有太超過，對喬治而言是恰到好處，對喬治來說什麼？沒事、沒事，你別動怒。

她接過他的手錶。她也有一雙美好的手。他倆至少有這一點相通。要是他倆的手能相互碰觸的話。呃、不賴？他倆也許會感覺到手更勝身體其他部位，總之，她嘗試著將錶反轉過來，她想看看錶的底面，但伸縮錶帶有些礙事。

算了，喬治說，這我熟，我來。喬治很懂他這伸縮錶帶。讓我來，他說。他取回手錶，反轉，再交給她。謝謝，她說，有點惱，她剛剛方法錯了，喬治很樂，因爲助了她一把，不過總是這樣，一方樂一方惱，感動永遠也不會有交集。他畢竟還是微笑以對，自忖：若再僵持下去，我不易從此全身而退。

他進入像是磨坊的地方。稱不上是一間店舖，不，一個開放的空間，人們可以在有各式珠寶、名錶的櫥窗之間自由自在地穿梭，當然，喬治那支錶就是在這裡買來的。

屬於他之前，它在這裡，靜靜地待在櫥窗裡，接著來到他的手腕上，旅行。旅行？無論如何它又回到女店員手上，不是嗎？

同一位女店員？不，一定不是，是的話喬治應該會想得起來，他從不會忘記親眼看過的女孩，所謂看，他自己懂得如何看，帶著想回憶起來的慾望去看，他一直有這項嚴重的缺點，女孩轉身背向他。

她彎身。那件已經夠短的裙子微微上揚。喬治不好意思。這還讓他更尷尬。他也許想瞧瞧她那象徵身體健康的好肌膚。他應該也想看看她修弄手錶，想觀察她如何裝換電池。他偏好轉來轉去然後直盯著櫥窗看。

被櫥窗的照明方式深深吸引，眞的讓他產生莫大的興趣，這光，似乎是來自外部，的確，這件事很吸引著他，眞難想像，光其實是被關入櫥窗中的，如因徒一般，不過這是正常的，沒啥好大驚小怪，此處所有目光所及的東西都上了鎖，珠寶、藝術品、女人，就是這個，就是因爲她所以他才往此處想，他轉回身。

她修理好了。她將錶對準時間。喬治馬上就見到她將兩個指針往逆時鐘方向調，轉得圈數少，正確的時間就在後方：她會把我的日期計搞亂，他心想，知道是一件煩人的事。

這讓他心煩。她才不在意。她校正了喬治手錶的時間。他現在將活在那女孩的時間裡，也是所有人的時間裡，什麼也沒有改變，他還是從同一個基礎重新開始。

她鎖上發條，就是那個推桿，這玩意一旦上緊了就將您推入寰宇時間，該怎麼稱呼它？她把手錶遞給他。

謝謝，他說，費用是多少？六十法郎，女孩說。挺貴的，那是必然，但是如果我們想想錶之後還能使用一年半載也算合理。

他付了錢。手穿過伸縮錶帶，於手腕上調整好大小，看了看錶。它就彷彿是新的，無絲毫刮痕，鍍鉻部份沒有光澤，淡淡一層髒影覆蓋，但不礙事，可以擦拭掉，女孩的指紋罷了，無礙，很快就抹除掉了。我們又重聚了，他對它說，再一起度過一年半吧。

3

午後，時間尚早。巷道看似寬敞，空空蕩蕩。三兩漫步的顧客好像走錯路似的，人家說是一些習慣在巷道小徑散步的人。夜晚，夏天，駐足深吸一口芬多精，路燈的光影在枝葉間交錯，看著一棟建築物，想得起來它的門牌號碼。

昏昏欲睡的收銀員們像那隻被套上口罩的看門狗。牠的鼻子有許多分泌物，牠無法像人們一樣使用紙巾去擦拭，狗是用舌頭去舔拭掉；還有那位門房，相比之下就孱弱多了，理了個平頭，有點發育不良，可憐，正和一位高壯的黑人攀談，對方西裝筆挺，灰色的法蘭絨、對世事麻木、又一副舊時莊主的模樣。喬治經過時對兩人打量了一番。

他走得很慢。他聽著鞋子踏在石板路上的聲音，輕輕、軟軟的摩擦，微微的嘎嘎作響讓他不安，直竄上雙腿，蔓延到他想像行走這件事的思緒，他並不愛出門，走路是少之又少了，當下他發現一陣莫名的歡愉，就來自在寧靜中移動這件事，這事持續不久，從來都持續不下去。

他讓前方兩大片玻璃自動門自動開啓，朝大太陽下的停車場過去。四個十法郎，剛剛那個女孩找還的硬幣，在褲子口袋叮噹作響，好似掛在黑奴腳上的鏈鎖。他伸手將錢幣移到羊毛外套口袋。他熱，脫下外套，將它拎在肩上走。

現在他身著一件白襯衫緩慢地行走，左手手腕上的錶伴隨著手臂運動，他瞧它一眼。細緻的白金錶帶在陽光下閃耀，秒針一格一格前行，他朝車停的方向過去。車內肯定會非常悶熱，雷雨遲來。這好歹可以將車子清洗一番，喬治想。他慢慢接近，一邊想像車在暴雨下的情景。

他打開車門，讓熱空氣先散出去，他耐心等，至少他之後不會被熱氣包圍。喬治對散熱的這點子沾沾自喜，一點單純的愉悅，來自一個無法逃脫自身的男人的滿足。自忖，如果我不能，呃，至少這些空氣能，他望著天：空氣、風、熱氣皆屬上升氣體，升起再升起。

上車之前，他朝車身四周瞧了一眼，一種習慣性動作，人們經常會發現車身遭刮花，這會讓你氣惱一整天。

車身無損，沒事，但在車輪附近，是倍耐力牌的輪胎，有個東西在地上。那是什麼？等一下，我來看看。喬治略微彎身，再直起身。如何？是啥，一個皮夾，還有其他我不知道是啥的東西。

我不喜歡這種事，他心想，然後自問該做什麼：留在原地嗎？撿起來？放任我自己去撿？阻止我去撿？強迫我去撿？

他決定彎身下去。事情就是這樣開始的。這也許有可能不發生。他首先將皮夾撿起。細緻的皮革，暗紅色，一角有鍍金的姓名縮寫，兩個交纏在一起的M。喬治用手擦拭，若有所思，擦拭得很慢，可是細心，遲疑了一會，尋思著一些可能。

這稍有磨損的東西，因爲掉在地上的關係沾染了一些灰塵，不小心掉下或者是丟棄物，被偷然後扔棄，被偷然後翻找過再丟棄，裡面沒有錢，僅有信用卡、駕照、身分證。喬治取出證件，打開。

4

姓：慕伊兒
名：瑪格莉特
生日：一九五五年二月二十四日
出生地：巴黎第四區
身高：一百七十五公分
特徵：無
住址：學院路八號，上塞納河區

一張深刻、削瘦、多骨、細長的臉，一種陰鬱的美，栗子色的目光，有點抑鬱的臉，或說是憂傷，可以說是憂傷，我們能這麼說，一種喬治喜愛的深沈的憂傷，但這畢竟只是一張相片，所以憂傷只有在那個當下，那個決定性的瞬間憂傷將她攫住，鏡頭拍下她的憂傷。

喬治將身分證件放回原處，闔上皮夾，將之放於車蓋上，重新彎下腰，他對地上的另一個文件產生好奇，一本像是護照的東西。

私人飛機駕駛證

這張相片是如此不同。不可能，喬治心忖，不是同一個女人。畢竟是啊，你看。他核對。是同一個姓名、同一個地址。

在這張相片上她微笑。能看見她的牙齒，小小的、排列整齊，看起來很甜美，給人舒服的感覺，戴著一個髮箍，一副眼鏡置於額前，一定是一場玩笑。

所以她喜歡開玩笑，喬治想。或者她很正經。不，才不是如此，你看，她看似眞的在自娛，正經的人從來不會自娛。好啦，正經與否，結論，她是一名四十歲的女人，大多數時間是憂傷的，差不多和我一樣，她有個有趣的名字，開小飛機消遣，那我還能幹啥？

喬治對著這個女的的證件叨絮著，只是一張證件又不是眞人。他一直佇立在車旁。烈陽燒灼著他的頭殼。心跳得很快。很反常。他開始擔心一些莫名其妙的事、一些令人頭暈目眩的事，他絲毫沒有察覺兩個開雪鐵龍BX車的女孩經過，畢竟她們還眞漂亮，但漂亮，又代表什麼？

她倆試圖並列停在他旁邊。開車的那位操作得不甚好。她的猶豫不決就好像初學者，於車屁股被貼上一個紅色大A的初學者。她熱，雙頰彷彿那A一樣紅。她的停車位其實綽綽有餘。她一會兒倒退、一會兒前進，沒完沒了。是這樣、不是。她評估。還不是這樣。重來。這樣，對了，這樣還可以。

喬治退後，倚靠在他的車子旁，爲了讓另一個女孩，乘客，能夠開啓車門。這位，她長得也挺不賴。她走下車，從灰色的雪鐵龍BX下來。她的白色長褲有點透明，但這無關緊要，喬治想，我還有其他的事要煩。隱隱約約能看見白長褲下面內褲的影子，黑色或深藍色，但不干我事，喬治想。這麼沒品味，喬治想，又：一切都可原諒。不，他自言自語，才不是，沒品味不得原諒。因爲，他自語，同時想到他的女兒，和你想的才不一樣，我女兒啊，顏色和品味有得商量囉，突然間他想摸她。

接著，一連串的想要、想要，很快地他充滿想將她掐死的慾望，對了，就是現在這位，另一個也是，她袒胸露肩，將她倆給絆倒，一起解決掉？對，給點滋味嚐嚐，用壞品味挑釁我，呃，站住！喔不，我在想什麼？夠了吧？馬上停止，別妄想了，我跟你說話，聽見沒？求求你別胡思亂想了，別想了，就是嘛，冷靜，我的老喬治，冷靜，你知道衝動的代價，所以冷靜，好嗎？再怎麼說都是女人。

他看著她們遠離，一個影像，她們的，他的，影像現在屬於他，印在這空間裡，目光歇止的那片空氣上。

她們咯咯地笑，彼此手勾著手，算一算她們的年紀，由頭髮的顏色、走路扭動的姿態來判斷，兩人一共四十歲，喬治一人就五十八歲了。

我能拿它怎麼辦？喬治自問。將它交給大賣場的警衛？不，肯定不行。我討厭他們。我曾經見到他們欺侮一個孩子。那麼，要交給誰？給警察？對啊，有何不可？雖然我也不是很喜歡他們那些人，但依目前的情況來看，他需要他們。

他上車，將外套隨手置於右方座位上，然後是皮夾、駕照，直接放在羊毛外套上。他一直盯著它們看。這兩項有力的證據。但我也是可以自行搞定，他想：我有她的名字、地址、甚至電話號碼，如果她有電話機，她當然會有，人人都有：不，他想，窮人就沒有，而且他們人數還不少：但她並不是窮人，開飛機翱翔所費不貲，還有她一定會在電話簿裡，我希望如此，於是我就能打給她，跟她說。等著瞧吧。

跟她說，在下是喬治．帕雷，您沒有遺失什麼吧？有？什麼？一個皮夾？然後？不，別這樣問。

跟她說，在下是喬治·帕雷。不，跟她說，喂，我想，或我能，或我能夠，或有可能，不，還是說，我找瑪格莉特·慕伊兒？不對，找慕伊兒小姐。找瑪格莉特·慕伊兒小姐。

她的全名眞的很美，怪但是很美，我愛極了，假如我能與她見上一面，我將會向她示愛，單稱慕伊兒好還是單稱瑪格莉特好，不對，姓與名一起稱呼，是，這樣好多了，我會這樣跟她說。

她會回答是我，或，是我本人，無論如何會是她本人，或夫人。啊，對喔，糟糕，眞是的，我竟沒想到這點。那又如何？有差嗎？嗯，沒事，我清楚，但畢竟，我希望對方是一位小姐。你沒有什麼好偏愛的，你啥都還不知道。

有道理，那麼這樣跟她說，不，不是這樣，直接說，喂，我找瑪格莉特·慕伊兒。是她本人。啊，眞的？呃，小姐早安。夫人。哎，這就是我所擔心的事。什麼事？沒事、沒事。您是哪位？噯，是這樣的：我叫做……不，沒有必要跟她說我的名字，單單說，我打給您是因爲……

因爲什麼？到底是誰在電話那頭？

第二章

上路準備

制動器拉緊，
油槽開啓，
全滿狀態、悶熄箱拉高，
開關置於1+2的位置，
總電源，
電唧筒，
引擎冷卻、五個注入器，
引擎加熱、注入器至多兩個，
混合氣體，一公分，
啓動器，至多運轉十秒鐘然後休止三十秒。

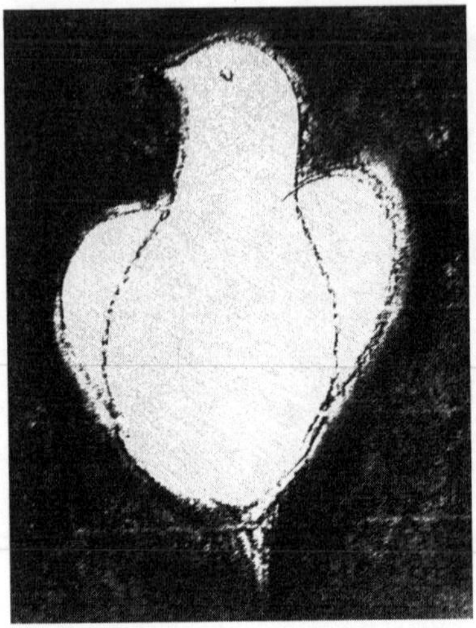

5

珍貴美好的木材，來自異國或小島，上了赭紅色的亮光漆，兩層，全新的小木門。

另一扇，之前的，是上了漆的鐵門，鏽蝕嚴重。每次關上門，就有一小片鐵屑落下。而我們依舊「砰」然地關門。因爲趕時間或發狂。或者只是任其自然地關上，結果是相同的，又有一小片剝落了。看起來坑坑洞洞的。不過是一個荒蕪的坑洞。入口的正門也如上述。

奇怪了，因爲，這扇大門，我們從不開啓，結論是我們也沒必要去關上它，但鏽屑仍掉落下來。使勁甩門、關門嚴格說來是沒有關係的囉？有、有，可以說是有所關聯，「砰、砰」甩門關上會造成影響加劇，效應加速。

這扇新的門實在好看，來自同一塊木材，面積更大，一定的，兩片門扇，精美的鐵飾，新的鑰匙孔和一個鎖頭。

喬治，還不甚習慣，在他的隨身衣物裡翻找。找不到對的鑰匙。找到了，開啓小門。進門，輕輕地關上了門。門鎖乖巧地進入匣槽裡。一切都被完善地調整好。工人有確實工作。喬治，還不到監視的地步，觀察他如何做工，時間沒有太久，也不是經常，他害怕造成工人的不便，而他自己卻是徹底地遊手好閒。他前去探看進行得是否順利，是否有進展，他並非在視察，他看看、瞧瞧：都如您預想的順利吧？

他懂得用另一種語調和工人交談，裝作自己好像不在場似的，但他畢竟就是在在，一直站在同一個位置，羊毛外套掛在左肩，皮夾和駕駛執照拿在右手。

沒有它們，這些累贅的文件，他大概會想再度出門兜風。去哪？喔，隨便哪都好，油箱是滿的。追風直到不再有所渴望。對，就是這樣，像一位從一本朦朧的小說改編的某部電影中隱隱約約的英雄。但隻身一人，喔不，這樣不值得。才剛啓程，就想返航了，還要自問我這是在幹什麼？所以還是回來了，然後……嗯，對，然後呢？

還得說明一件事。他家實在太過於安靜了。還眞要有個心胸去承受這份寂靜。他搬離之前那吵得要死的大房子，搬到這兒，這兒只聽見他的聲音。尤其是下雨或者夜晚來臨之際。

目前天還亮著。下午悄悄地過去。院子裡撒滿太陽，要到五點才進入陰影。一會兒喬治要去撥電話。他回來就是爲了這件事。

無論如何，他沒有再出門的權利。此外他什麼其他的權利都沒有，更沒有選擇權，不，這並沒有遭到剝奪，沒有，他被剝奪的是……不，並沒有，他沒有什麼東西能被剝奪，畢竟有，他被剝奪的是……不，還是別提了，讓事物本身，讓行爲、舉止去說話，如果可以的話，我們還是別想了。

如果他能至少做到什麼都不想就好了。他很希望能如此。他一輩子都期待這件事：啥都別想。也就是因爲如此他盼望著她，因爲，想著她，就好像想著虛無。自從他進到屋內就已經開始思索著這件事。

屋內比較陰涼，但這也無法改變什麼。涼氣弄臭了寂寞。並且還不是隨便哪個寂寞，是他的。他找回的就是他的味道，這個加這個再加那個的無趣，還有冷掉的煙味、煙灰、杯底殘留物。那一滴，觸碰不到的一滴，太過微弱以致於無法到達他的嘴邊，只留下一條沿途滑下來疲乏的痕跡，乾了。

他將他的外套隨手放在皮質辦公椅上，皮夾、駕照放到書桌上，然後打開所有的窗戶，他需要呼吸，也需要，尤其是，聽到一點聲音，其他人發出來的聲音，很遠，即便是遠，若無其事的一丁點聲響，其他人製造出來的背景音。

然後他去找來一本全國電話簿，在客廳，返回，將厚重的簿子放到書桌上。站著，他翻閱著電話簿，一顆心緊緊的。滿溢的情緒壓著他透不過氣。這讓他思索。他心忖：總之，煎熬著我的東西，並非今天，是這個，是我想著她或希望她就在此的這份情緒，都一樣，這把我摧毀。

翻開它，翻閱，再翻，找到地區分類。找地區名，再翻，瀏覽，停在這頁，他那發熱的手指急速而下：瑪恩、梅普、莫芙、慕德、慕伊兒。找到了，慕伊兒。慕伊兒．瑪格莉特，學院路八號，就是她，她就在此，她存在於世，她也有電話號碼。

用他那舊的水手牌蠟筆，他記下電話號碼，闔上電話簿，放回客廳電話機旁，拿著話機返回來，拉直天線，坐到書桌旁，接著開始撥號。

沒回應。沒什麼好驚訝的。這個時間，難怪，但是對喬治來說，這使他煩躁。沒幹什麼事，他認爲她過分。他搞錯了，她忙著某事。他一直想，想著她在做什麼？在哪？

他還是執意，接連打了好幾次，繼續。他知道無濟於事。他最後是妥協了，沒關係，他堅持，誰知道，眞的，他舒緩多了，總之比等在那裡好：等什麼？

直到他累了。並非洩了氣，不，是累了。他受夠一再按重撥鍵。疲於再聽到電訊嘰嘰聲的刺激，好像卡通裡扮成鼠的狼祕密潛入，他對這個描繪的感受越來越清晰，他見到牠朝瑪格莉特·慕伊兒的住處逼近，牠到了，停下腳步，按鈴，五次、十次，始終都沒有回應。

他回到客廳，將窗戶大大地敞開。看著窗外，他聆聽著細微的嘈雜聲。他欲將視線從正前方的房子轉移。僅此一次，他對這幢房子產生興趣。不是前方這棟屋子，而是一隻白色但有雙綠色翅膀的鴿子雕飾，他一點也不在乎，不，是飛機聲讓他產生好奇。

一整天，在他家的屋頂上，輕型飛機飛來飛去。不多，偶爾，有幾架，在高處，只是經過或準備開始降落。過去他從來沒有注意到。他一直傾聽著它們，的確，也就只能如此。

那，唯一一次，他抬頭望天。引擎聲接近。喬治等待飛機經過。這架他想看到，看著它劃過天際，他幻想由她操控、駕駛的飛機，有可能是她，就快開過來了，他欲如此完成幻想。每次只要有飛機經過，他便想著她開飛機這件事。

他轉身回去撥電話，這些可以算是徵兆的東西：聲音、視像、在天際的迷惑下，看得見、聽得到，在天際，像是一份協議、一份賞識、一份默契，一個振奮人心的徵兆一直在對他說，剛才對他說了，就是剛剛：你應該，必須，回去再撥電話。

他的手，還是那樣秀氣，與其他身體末梢，如：腳、頭部相比，似乎不會衰老，他朝電話機走近。

正值手要去握住話機之際，電話響了。是她，喬治暗忖，天哪，是她：她來電助我一臂之力，她願意。你妄想，糟老頭。再怎麼樣也不會是她。即使不斷地打電話，不斷地想著她會打來，終以爲她會聽到、感應得到，但當她自己要撥電話時，要打給誰？你？我可憐的朋友哪，她才不認識你，就這麼簡單，對她來說，你根本不存在。

是蘇珊打來的。親愛的蘇珊。她跟他說：你到底在幹嘛？我找你找了一小時。一小時，這讓他感到詫異。不會吧，喬治說，我才剛開始。你開始什麼？糟糕。我在聽你說哪，你開始什麼？

開始撥電話，喬治說。撥給誰？皮夾的女主人。哪個女人？什麼皮夾？究竟是怎麼一回事？我也還不清楚，你打給我幹嘛？

呃，她說，啊，等等，先別掛斷，什麼事？是的先生，我已經交辦了，是，好了，對，文件都在您桌上，對，正是這份，噢，不客氣，不了，不客氣。蘇珊與老闆說話時的語氣就是不一樣，喬治想像著她對他微笑。事實上，她一直對他笑臉相迎。喬治想的沒錯。

你剛跟誰講話？他問。是阿爾努先生向我詢問事情。好、好，可以了，別說了，喬治回應道，好啦，我明白是怎麼一回事。我得繼續工作了，蘇珊說，求求你，不要重蹈覆轍。

她馬上就後悔說了這句話。她等待回應。靜默持續。她有工作要忙，沒時間，不是只有講電話的事要做。她打給他只是要跟他說……。這就是電話可怕的地方。無端生事而彼此又相互看不見。眼睛不在場。我們聽見呼吸聲。

不對勁嗎？她說，你不舒服嗎？你想我過去嗎？我還有工作要做，但是如果你眞的不舒服，眞有不對勁，我就回去。沒有、沒有，喬治回答，不用麻煩，你打給我爲了什麼事？

你先說。不，你先。不，你先，哪個女人？什麼皮夾？我再跟你解釋啦，喬治說。不要、不要，現在就說，你怪怪的。喬治一直都是怪怪的呀。我？奇怪？是啊，蘇珊說，快點，告訴我發生什麼事。

什麼也沒發生。完全沒有。就只是因爲剛才去換手錶電池時撿到一個皮夾，我於是嘗試著連絡那名女子，很正常吧，她應該很擔心才對，這事讓我煩擾，你明白嗎？我想讓她安心，就是這樣，但是花了我一個小時，噯，你呢？你打給我幹嘛？

草坪的事。她打來是爲了草坪的事。蘇珊爲了草坪的事打給喬治。什麼草坪的事？沒錯，她說，果斷地、無可救藥地世故，還好，家中有兩個危險不切實際的人：你知道星期天孩子們回來一起午餐。有什麼關聯？關聯？就是我們會在外面用餐，如果好天氣持續下去的話，因爲辦公室這裡，他們說將會有雷雨。才不會，喬治說。好了，就只有這樣，我希望你除除草，好嗎？

6

手風琴聲從半掩的門縫中傳出來。這聲音，不像是手風琴。過分強烈。透過門隙，聲音並不像從手風琴的摺葉部份傳出來的。不，這聲音是結束的一記長音。

是一張唱片，一首華爾滋，如往常一樣：他們至少不會覺得無聊，喬治暗忖，一邊舒展肩頭。

整個右手臂實在酸疼。他太過用力扯拉電線。握把在電線的末端。除草機的發動器。肩膀脫臼。

終究，幸好，草長得不長。連續一個月沒下雨。只有過幾場驟雨，陣雨，溼潤不了多久。只剛剛好讓土壤的氣味飄散上來。草草了事。

除完草後，平整多了。挺好看的，一座剛除過的草坪。對傻子來說一種單純的美。聞起來的氣味眞不賴，然後……對，然後呢？

彷彿廣陌麥田裡的烏鴉群，前來啄食穀子。貓兒對牠們盯哨。偶爾能捕獵到幾隻，下場就是腥紅、黑暗，羽肉模糊，五臟六腑恐怖之美。

有人在嗎？喬治喊道。永恆的問句。空氣中有茴香酒的香氣。這氣味洗濯心情。酒氣和熱氣。喬治的呼喚沒有傳遞太遠。沒有方向，沒有射程。以爲叫喊，卻也只是呻吟；以爲呼喚，卻也只是……只是什麼？他反覆叫喊無效。純粹的失敗，你看。於是他暗想：我原不應該叫喚，但我又沒有其他選擇。

他推開櫃台右側的小門，然後朝盡頭那扇門走去，聲音與氣味逐漸鮮明。

到了，喬治拍了拍門。沒用，太嘈雜了，他自己也聽不見拍擊聲，當他再次拍門時僅僅感覺到，手指的疼痛。沒有反應。那，這扇門，呈半掩狀態，他推開它，大剌剌地敞開。

開啓的剎那，一位穿制服的員警，差點沒撞到，金髮、沒戴帽、紅臉、藍眼睛，好像任何一位喝了酒的人那般的坦率眼神，手上拿著一個免洗杯，還差點翻倒，準備走出來，快了，他出來了，過來察看是否有來人。

您在這兒幹嘛？他說。我叫了沒人應聲，喬治回說。到另一邊去，這名員警說：煩請移駕到櫃台另一側。

喬治如往常一樣魯莽，無須其他的東西便能讓他得意忘形。還要比這更微不足道的事物便可讓他處於這種狀態。除非，他循規蹈矩。

員警隨侍在後，於櫃台前止步。喬治繞過櫃台，回到櫃台前面，沿著櫃台移動，停步，伸肘倚靠：喔，我的膀子，他暗忖。員警，在他旁邊，也一樣用肘倚靠在櫃台上。他們現在被分開了。他們可以開始交談了。

所爲何事？員警問。能請您將門關上嗎？喬治說，太吵了彼此聽不清楚。這名年輕的警察猶豫了一下，打量著喬治，見他毫無……。員警顯然喝了酒，去把門關上，再回過身來歪斜地靠在喬治的面前。依然聽得見手風琴聲，但好多了，是可以忍受的範圍。喬治撐著肩膀，臉上抽搐了一下。

您受傷了？年輕員警問，遭人攻擊？這惹得喬治一陣好笑，他還眞希望有人攻擊他的頭，了不起的人，給他當頭一擊，就這麼一次：就爲了偷我的皮夾？喬治說。只是打個比方，這名年輕的波爾多人說。

他有波爾多腔，有點慵懶，一邊把玩著那有著凹凸切痕的塑膠免洗杯，一邊看他。這凹凸切痕，他說，有作用，我不是在開玩笑，它們使容器堅固、直立。哦，是嗎？喬治質疑，我一直以爲只是美觀。才不是，波爾多人說。又說：也是啦，同樣有美觀的作用，不賴，但是……。但是，並非主要目的，喬治說，人們才不在意美觀。

所以，您是遭人攻擊？波爾多人問。不是，喬治說，我的肩膀脫臼是在啓動除草機時弄的。電動的，波爾多人說，電動的，只有這才是眞的，一條電線、一個插頭，使用起來安靜無聲，沒有怪味。

彷彿每天清晨停靠在你家門前的英式牛奶車，靜悄悄，完美的寂靜，關照著睡在你懷裡靜靜呼吸的女人其香甜睡態，你是醒著的，你放任眼光在她的身上漫遊，而這是思緒的一場豐收，喬治心忖。

說得也是，我們見到不少遭電擊而死的案例，原因出在電線，他詳述道，人們將電線亂放，然後喀嚓，最後，好像……。很有可能，波爾多人說，我啊，您曉得，我跟您說這……。嗯，喬治作聲，是閒扯淡。是，波爾多人說：那麼，您是爲了什麼來此？呃，是囉，喬治說。

他被後方自動開啓的門打斷，同時波爾多人的一名棕髮同事用奧蘭治市的口音叫著貝爾納。他來自南方的奧蘭治市。這名波爾多人原來叫做貝爾納。

貝爾納對著這名來自奧蘭治市的同事吼，幹嘛？你要幹什麼？操，你來不來呀？兩位在慶祝些什麼嗎？喬治問。晉陞，波爾多的貝爾納簡答。好，那就不打擾了，喬治說。他欲轉身離開，高興能避免……趁著……。喂，不對呀，您別走，貝爾納說。太遲了。怎麼？他說，您剛剛說，您是爲何而來呀？事實上，喬治說，我來是爲了……能請您將門關上嗎？

貝爾納去將門關上。一會兒過來，他對他說。然後他一邊思索一邊走了回來：他說的沒錯，太吵了彼此會聽不清楚。那麼，他說，您是爲何而來呀？喬治已經不在了。

波爾多人蹬起身子攀在櫃台上，看著地上，喬治也許昏倒了，他也許身體不適，心臟病發作，他也許在地板上抽搐，口吐白沫，背部僵直，蜷縮成一團，化爲可怕的顫動。心臟病？癲癇？

會發生在喬治身上嗎？不，無任何病史，他認眞想過了。

貝爾納迅速衝出去。他站到台階上時喬治正好……算他走運，喬治正準備要上車。他一把將他捉住，對他說：您把我當什麼？他說，這樣走掉算什麼？您過來、又走掉，這算什麼？過來，好啦，請您過來。然後，攙扶著他的胳臂，他一定要喬治返回警局，慢慢地、客氣地：看著我，他說。喬治用雙眼直視他。這並沒有讓波爾多人感到畏怯。您過來一定是爲了一些事，他說。是的，喬治說。好嘛，過來，您將來龍去脈都告訴我。

貝爾納攙扶著喬治的胳膀，兩人回到派出所，然後各自在櫃台兩側站定。喬治什麼話也沒說。波爾多人看著他，然後他動作，沿著櫃台走到小門，推門走出去，貼到喬治的身邊，用單手側身支撐著櫃台，像在咖啡館那樣。您想喝點什麼嗎？當然，喬治說。

哇，眞厲害，好烈呀，他說。純的茴香酒。如何？另一人說，我姑且聽您娓娓道來。他似乎預感到犯罪徵兆。呃，就是……喬治說，我撿到一個皮夾。您有將它帶來嗎？當然，喬治說，但您曉得……。什麼？另一人說。沒事，喬治說，皮夾在此。他拿出皮夾，將其放在櫃台上。

您是在哪裡撿到的？喬治說出在哪。裡面有現金嗎？沒有。他的喉嚨扼緊，聲音，打結。回答的越多，他越是感到人家一點一點地偷走瑪格莉特．慕伊兒。漸漸地他將她讓了出來。他妥協。他投降。把她交出去，他屈服了，這使他難受。然而這名有著波爾多腔喚做貝爾納的年輕條子哪能懂這些？

他找來一本遺失物的塡寫表格，並放入兩張複寫紙，接著翻看皮夾內的夾層。人家翻看她是你的錯，喬治暗忖，在你的眼前，你容忍得下？你應該將她保管起來，他心想，然後你獨自想辦法。

波爾多人翻開身分證，記下姓：慕伊兒，然後是名，接著，好像他能讀到喬治腦袋裡面所想的事，他指著相片，像是在說她並不是什麼美女。不是，喬治說，就這張相片來看，我得承認不是位美人，但是另外一張……他拿出飛行執照，傻瓜，您瞧這張，他說。啊，因爲還有這個啊？

拿去，喬治說，您瞧。貝爾納靠過去。唔，他說，如果要說她美也無妨。很像艾蓮．布雪（Hélène Boucher），喬治說。誰？對方應聲。一位三〇年代的女飛行員，獨自飛行巴黎—西貢，七個世界紀錄，在一次飛行訓練上受傷身亡。您大概也知道一點吧。我在孩提時代讀過。

留下您的地址還有電話號碼，波爾多人說，以便萬一有賞金。賞金？什麼賞金？喬治於心中暗想，您如何要她……爲什麼她會想……爲什麼她會想到……她怎麼能夠猜到我所想的？我自找的煩惱？我繼續自尋……因爲，距她遺失皮夾有一段時間了。順帶一提，您將通知她嗎？今晚？就是今晚嗎？

今晚，是有點晚了，貝爾納說：嗯，您的名字是？帕雷，喬治說，喬治·帕雷：P-A-L-E-T。帕雷、帕雷，波爾多人覆誦，等等，這讓我想到一件事。您不是……帕雷的親戚。不是，喬治說。不是嗎？喔好。不囉唆，拼寫下：帕雷，喬治，請問您的住址？他認出我了，喬治想，我知道他腦袋在想什麼，他會想起來，我就知道，這事讓他心煩，他思索，他會想起我，只是時間早晚的問題，也許，我該怎麼辦？殺了他？電話號碼呢？您的電話號碼是幾號？

7

啊，女士先生們，早安，眞高興看到你們，我想我可以開始收拾了，不需要在意時間。現在時間是中午十二點半，如往常一樣的星期六。

這聲音，來自肉店一名女店員，肥胖、渾身臃腫，一個豬頭、大肥母豬，這個體態應該去跳幻想曲，你知道，迪士尼的，穿著粉紅舞衣的河馬芭蕾舞劇，隨著柴可夫斯基的胡桃鉗旋律舞動，對，就是這樣。

另一位，肉店女老闆，完全相反，嬌小、纖細、敏銳、狡猾，一頭染了紅棕色的短髮，帶著一副高貴的眼鏡，狐狸的嘴臉，她嚼著用水果刀叉起的四分之一蘋果，我吃蘋果是爲了解渴，她說。啊，這讓我想起我減肥的時候，蘇珊回話。夠了，喬治想，這下可逃不開了。

喔，那我，我整理一下標籤，母豬說，身上有一件整片天藍色的漂亮小圍裙，她那張臉被過時的眼鏡襯出一種流行，也就是說，她什麼都不知道，一副Amor牌隱形鏡架眼鏡。對啦，整理你的標籤，喬治心想，這個時候你最好不要插話。但這並不會阻止她多話。她們現在是三人成群了，蘇珊最愛與人閒扯，這讓她暫時忘記喬治的靜默。

眞是棒極了，這項她遺忘在某處的才能，忘在哪？喔，她承受一切與他有關的事物，而這還持續著，所以，每星期六，從中午十二點半開始，與肉店女士們的閒聊讓她忘記一切，也不只和她們，和其他人也一樣，我得說，小羅賓漢市場是一座小島、一座公社、一個保護區、一塊閒扯精華區、是一處喋喋不休的場所，一座鳥園、一個庸俗的大鳥籠，稱呼親愛的妻子，小母雞；即使像喬治這般不愛說話，也迫不得已。

我能爲你們服務些什麼嗎？女狐狸說。來一點火腿，蘇珊說。需要多少片呢？女狐狸說。這使喬治如此地惱火。蘇珊總是買五片薄火腿，但她每次都要以「來一點火腿」作開頭，而另一位固定又問：需要幾片？你看明白這玩意兒嗎？這使喬治如此地惱火。同樣的事也發生在其他人身上。與其說，打個比方：請給我半斤天香菜。但她卻會故作神祕，像是在策畫一場卑鄙的行動，僅說：一些天香菜。對方乾乾地回應：多少斤？然後，蘇珊看似驚慌：喔啦啦，不，半斤就好。這使喬治如此地惱火。

還需要些什麼嗎？女狐狸搶先說，將肥如她那母豬同事大腿一樣的火腿放到機器上，調整好切刀的角度，在開始削肉之前，像是爲了節省時間般地問了：再來一隻烤雞？一小份拼盤？我今天有鮮嫩的兔子肉。哦，不用了、不用了，今天先不要，蘇珊說，明天孩子們回來午餐，我將爲他們準備烤肉，我太操勞了。不要把你的所有事都說出來，喬治在她耳邊說。

她沒聽見。在這樣的情況下，蘇珊是聽不進去的。她懂喬治那令人厭煩的舉動，但她反感地拒絕，像是在說：我有我的自主權，讓我自在一點嘛，啊？您過度操勞呀？唔，我也是，我腳痠，母豬接話。看吧，她也摻一腳，喬治暗想，這下走不了了。

他將提袋放到地上，惱怒，袋子碰觸道地上一灘從旁邊花店流過來的水，他轉頭，看向花店女主人。高個頭的一位棕髮蠢蛋，穿得怪模怪樣，她賣的花跟她眞像，顏色哀傷，不新鮮，缺水，她應該是經常酗酒，還有個女兒，下課後經常在店裡，幫忙她，幫什麼？有得忙，沒人買這些花，女主人的頭髮油膩，臉上掛著一副灰霧霧的眼鏡，沒客人來，也許除了她的常客，留著如電影「克萊兒的五點到七點」（Cléo de 5 à 7）裡面寇琳．馬匈（Corinne Marchand）髮型的一位金髮婦女，久久來一次，也許還有其他的顧客，然而都是一些哀傷的人，開朗不起來，其中包括一位老牌女演員，年紀不大，看起來衰老，幾乎像是一位女流浪漢。

與另外一間花店眞是不能相比，喬治心忖，在盡頭遠方的那間，老闆是一位半女性化的男士，人人都喜歡他，親切的不得了，新鮮、乾淨，他的花兒們也是，被一堆漂亮的顏色包圍著，顏色時而溫柔，但又總是強烈、鮮豔、眩目、美的過火，像那些配組好的花束一樣光彩萬分，鮮嫩欲滴，氣味很好，好不幸福。

關於花。喬治感到不快。因爲不快而變得暴躁。他一直無法聯繫上瑪格莉特[1]．慕伊兒。他無法預先告知她。是的，他又試著撥打過幾次。即便他已經將皮夾交給警察了，昨晚他又再試，蘇珊已經回到家了。

她感謝他除了草。喬治回答：也就只有這麼一件事能討你歡心。她馬上就明白喬治在生氣。她清楚這代表什麼。一旦喬治生氣，下場會很糟。就是這樣開始的，然後……沒錯。

她問他有什麼事不對勁嗎。這是觸動喬治暴躁的起因。她一直知道，但與其坐視不理還不如問候他一下，她明白他陷於……一般情況，他越是陷於……就變得越危險，今晚，因為她實在疲累，有如電腦當機，遲到又一團混亂，她不想去惹毛他。惹毛他？對、對，你倒是很清楚嘛。

於是，在他回答之前，她對他說：總歸一句，你那皮夾的事，你去了警察局嗎？去了，但是我擔心，喬治說，自己原本想讓她放心：假如你丟失了證件？你，你不會擔心嗎？蘇珊回答，避免做出聳肩或是任何一點可能……的動作：呃，會呀。但你還能怎麼辦？你將它交到警察局已經是件

1 亦是一種小白花的花名。

好事了，那麼還順利嗎？眞不該問出這句話。她不該說出來。還是說了。

爲什麼？喬治說。就這樣，蘇珊說，暗忖：我做了蠢事，因爲他……。

她看著喬治的雙眼，奇怪的是，喬治，並沒有發怒，他已經很心煩了。

他們會告知她，蘇珊說，沒什麼好操心的。是啊，但需要多久的時間？喬治說。他從椅子上起來，來來回回地走動，像一隻獸，被熱氣搞得暴躁的獸，通常是黑色的，黑亮的皮毛是一面鏡子，能自照，自省，到處躊躇，他在丈量他的牢籠，只差沒有限制活動的圍欄，而那圍欄僅存在於他的腦袋裡，一個簡單的比喻罷了。

要花上多少時間？他突然拋出這句話，一動也不動地望著蘇珊，好像蘇珊……似的。她心想我哪知道。我，他說，指著自己，拍著胸脯說，我想馬上通知她，立刻，你明白嗎？明白，蘇珊說。呃，得一分，他說。他似乎冷靜許多。有蘇珊的這個「明白」就夠了，對他來說夠了，讓他能夠在冷靜中思考，她允許他思考，她好像在說：我在這兒，你可以思考，我知道有我在你才能好好地想，你不喜歡這樣，但我曉得沒有我你什麼也不能想。

枯等很可笑，他說，非常冷靜地說。呃，再試試看呀，蘇珊說。她眞是瞭解他。她知道他怎麼了。她猜測過，花了好長時間。她只是等著確定這件事。

他們晚餐。晚餐後，蘇珊走到客廳，打開電視。喬治在洗碗。洗畢，他回到書房看書，也是在等晚一點Arte[2]頻道將要播出的一部電影，《寂寞的妻子》（Charulata），是雷的電影，薩雅吉．雷[3]，不是尼古拉斯．雷[4]。等待的空檔，他翻開托爾斯泰。

漸漸地，即便操心，他還是讓書中文字牽引下去。即便他爲了留住所有對瑪格莉特．慕伊兒的思緒而抵抗著，他還是讓書中的敘事牽引下去。

他讀到莫斯科聖彼得堡火車站，年輕英俊的騎兵軍官維諾斯基看見安娜．卡列妮娜，在書頁右下角，在翻換下一頁前，一位高大優雅的女士，謹慎，留有一頭棕髮，瑪格莉特．慕伊兒的身影又回來折磨他，一直跟他

2 法─德公共電視台。

3 Satyajit Ray，印度裔孟加拉導演，代表作《阿普三部曲：小路之歌、大河之歌、大樹之歌》。

4 Nicolas Ray，美國通俗片導演，代表作《養子不教誰知過》、《強尼吉他》。

說你再試一次，她用「你」來稱呼，你再試試看、再試試，喬治，她用一種奧菲精靈的聲音喚他喬治，她繼續喃喃地說我可能已經回到家中了。

喬治將書闔上，是一本精美、有著鼴鼠灰色書皮的書，書背上是黯淡地藍色，兩條紫色書籤帶，起身，走出書房，穿過玄關。

客廳裡，電視機是開著的，音量微弱，影像使人入眠但聲音讓人不舒服，蘇珊睡了。當喬治經過她身邊欲拿起電話機時，地板發出喀喀聲，他把她吵醒了。

你打給誰？她問。睡了一覺眞好，她什麼也想不起來。她呈現翻白眼的熟睡模樣，不知身在何處、和誰一起生活，她總之是快樂的，再過一陣子她就會喊出聲，誰在那兒？你們要幹嘛？

打給那個女人，喬治說。蘇珊醒過來，回神意識到他，也意識到他們倆。在這時候？她說。她翻身，換了個姿勢，側臉貼在沙發抱枕上。抱枕的顏色，某種綠色，被蘇珊頭所在位置上的光線照著。

第三章

上路準備後

每分鐘轉速一千，
電唧筒切斷，
油壓關閉，
交流發電機接通，
無線電通話器接通，
加熱器每分鐘轉速一千，一分鐘，
加熱器每分鐘轉速一千五，三分鐘，
燃油溫度至少二十八度。

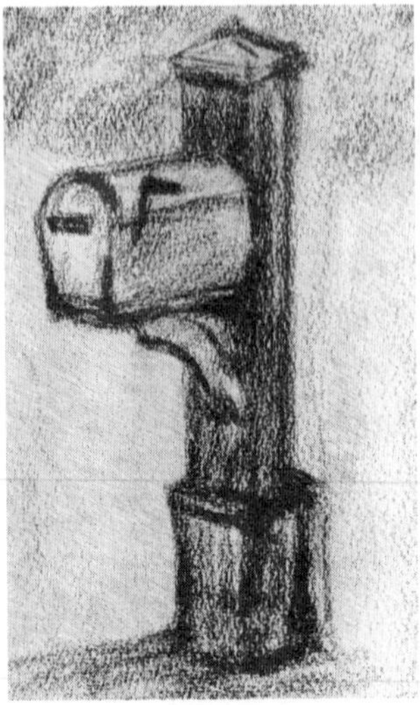

8

她正在整裝。她擦乾頭髮。頭髮並不長，乾得快。困難的是將它們整理得有型。她試圖將頭髮弄得有型。她是在浪費時間。跟她說不要在意髮型是浪費時間。即使跟她說：就這樣溼溼的，讓它們自行風乾，於旁側梳理出一條分線，這樣很好看。沒用，再怎麼建議都沒用。

她描眼妝。她非常瞭解如何畫出漂亮的眼妝，這在一般女性身上很少見。她希望萬事如意。萬事如意。她一邊化妝一邊覆誦著：我希望。她對著正被描繪出來的自我形象講話。她想將這張過時的臉重新改造一番，她說服不了自己。畢竟，她嘗試過，心想是啊，我希望一切順利，喬治還有他的女兒。

他和女兒彼此相親相愛。那麼和兒子呢？也一樣。至於外孫，他疼愛他們。他不是很受得了他們。但是，偶爾一次，他能爲此做出一些努力。

她感到窒息。在這間浴室內我們會被悶死。太熱的水對心臟不好，附著在汗水上的蒸汽讓人無法知道究竟是什麼讓我們出汗，潮溼的熱氣、蒸汽浴室、吹風機的熱風、烤箱、乾燥的熱氣。

她打開浴室的門。沒看到喬治的身影。他受不了她赤裸的身體。他又在跟我們賭氣了，她心想。眞是受夠了，我，我受夠了。她聽見自己的內心獨白，總是年輕、未變質，像她的心一樣堅定不移、至死不渝，她攬鏡自照。

她在穿衣。的確，那時還有艾洛蒂的丈夫。喬治覺得他親切，非常親切，他當面對他說過。一名高貴的紳士，對，有天他曾經跟我說起他是一名高貴的紳士，對，他有說過這話。噯，相信我，他眞說了，並非道聽塗說。他一向是想什麼說什麼。這我很清楚。而我也很同意他的看法。到底，艾洛蒂和她丈夫在一起是否愉快？當然，她是愉快的。如果不愉快，她也不會和他生下兩個孩子。還有和艾洛蒂相處是什麼樣子這很難去形容。她和她父親很像，讓人摸不清。此外，我還不是一樣，和喬治生了兩個孩子。啊，眞該死，我把睫毛膏搽進眼睛裡了。今天一整個下午我眼睛都會紅紅的。眞希望夜晚趕快來。

喬治也一樣，然而喬治是一直期待晚上的來臨，想趕快去睡覺，一切是爲了醒來、重新開始、延長、繼續，繼續什麼？沒什麼，繼續那個被稱之爲沒有的東西。

他激動，站在火爐前，折起世界報的一頁。他望著草坪。它們很平整。他細心注意過對稱均衡。那舉世共通的對稱性。一個足球場，要這樣說也行。還更小一點，差不多是一個乒乓球／網球場。

櫻桃樹生病了。樹幹像吹玻璃人吹脹起的紅色樹脂圓球。相反的，接骨木倒是長得很好。那楤木呢？美極了，是唯一沒有受到寒凍侵害的。白蠟樹開始茂盛起來，但最近的一陣強風將上面兩個枝椏吹折斷了。無法繼續想像樹茁壯後的樣貌，這事煩惱著喬治。我到時候肯定早就死了，他心想，一邊焦躁地翻閱世界報。你還沒將烤肉準備好？

帶著詫異又自責的語調，反覆叨唸著這個問句從蘇珊身邊走過。她從浴室出來，嬌嫩奪目，迅速而有力，跨出沈重步伐，她顯得煩躁、焦慮。

她穿著連身襯衣。二十年來相同的一件。每年她都會說，啊，該將它丟了，然後，又捨不得。她很喜歡這件。穿起來也好看。沒有磨損，也沒有褪色。

喬治見到上了妝的蘇珊顯有些感動。蘇珊認爲這次的妝並不算成功。喔不，是成功的，不然喬治也不會如此感動。這是一種觀看的角度。越是被感動他就越明白她所畫的妝不甚完美。輕微的瑕疵讓人更感動。徹底失敗是會讓人驚慌的。喬治震驚，在蘇珊眼中讀到這層憂愁、女人的痛苦。

你覺得我看起來如何？她說。每天反覆、憂慮去贏得這位男人的歡心。很好看，他說。你確定？我的妝還好嗎？不會太濃豔嗎？不會，喬治說，你眞美。他輕輕吻上她的前額。慾望挑逗他。一切在翻騰。他現在能感受得到。你眼睛是怎麼了？他說。是我的眼影膏，怎麼？你還沒將烤肉準備好？孩子們就快到了。我想讓它們更入味，喬治說。還是將它們拿出來吧。我是這樣想，但也不會那麼快熟，喬治說。算了，聽著，你看見那棵白蠟樹沒？它冒新芽了，就長在被吹斷的枝椏旁。看見了，喬治說，把肉拿給我。算了，蘇珊說，我來就好，你去擺設餐桌吧。

他架起一支木製的帆布陽傘，贗品一個，但品質不差。一邊架設，喬治尋思是否應該擺好餐具後再架設，因爲自己的身高高過遮陽傘，一旦架設起來做所有動作時勢必要彎下身子。

遮陽傘撐開時呈現長方形。餐桌也是。當太陽位在桌子正上方時，傘的影子恰恰好遮蔭整張桌面。

太陽轉動了。不，是地球。要小心這類的事。尤其是說出來的東西。看似不經意，但球體運行著，自轉，繞著定止不動的太陽公轉，太陽它靜待著熄滅的那一刻。乾脆點，就今晚，他也忖度著。

不管怎麼弄，喬治想，即便我轉動遮陽傘，就是會有一角的桌面曝在陽光下，這又會惹出事端。風吹動遮陽傘。原先被太陽照到的位子現在進入陰影：勉勉強強，他尋思，但也無濟於事。他想說只要妥當即可。

餐具。喬治去廚房找一個大托盤，盡可能地在其上擺滿餐盤、水杯、酒杯，搖搖晃晃，發出相互碰撞的噹噹聲，就是為了不要來來回回地跑好幾次。

這下好了，這、下、好、了！蘇珊叫道，一聲慘叫：醬汁噴濺到我的襯裙上，我得去換過。又看不見，喬治說。蘇珊，呈厭惡狀，不想多說。注意火候，她說，我去更衣。嗯，喬治說，去換過吧。好了，醒過來了，總是這樣開始的。

烤過頭了。剛剛火候不夠。現在又太強。油脂流融了出來。肉餡爆開的香腸流得到處。滴流下的油脂碰到炭火吱吱地燒灼起來。冒起大火焰。會把肉給炭化。得將其翻轉一下了，喬治想。難以做出決定。將烤架往上移一格，喬治想。不該將它們放得過低。顯而易見。熟得太快。

會烤焦的。還有孩子們都還沒到。啊，算了，將烤肉都撤下來。我們就吃冷掉的。總之，我不管了。哎唷，不，他們到了，那麼，該怎麼辦？我讓它們繼續烤？哎唷，也不對，既然他們已經來了，還是將烤肉都撤下來，還是……的時候，喬治心想，他們……時。

停車、哄小孩下車、從行李箱拿出花的時間：唔，來點新鮮空氣，花兒求饒著，讓我有點時間去瞧瞧……。他與一身花洋裝的蘇珊擦身而過。他們到了，她說。我看到了，喬治說。

喬治衝進廚房，將製冰盒撞擊流理台的邊緣取出冰塊，倒了一杯派帝威士忌，一點點杯底的量，比一般的量再多一點，不，再少一點，目的，酒精即刻衝上腦門，他突然有吹口哨的挖苦慾望。啊，想想我既然在廚房，我來準備一盤開胃前菜。

喬治害怕見到他的孩子。他寧可獨自一人。沈思的慾望再次將他攫住。他的心睡著了。他在廚房裡磨蹭。他聽見其他人的聲音，逐漸靠近。別待在這兒，他心忖，振作一下。

他端出托盤，擺上幾瓶酒、酒杯，啊，對，還有冰塊，將製冰盒中的所有冰塊倒出來，裝在恆溫碗內，完美的球面，海洋的藍色，像被海洋覆蓋的地球，但僅有一極是扁平的，是南極，爲了讓碗能夠穩穩地站在托盤上、不到處亂滾，然後他一口飲盡愛爾蘭威士忌。

我酒醉得可怕，他忖度著。他欲抓穩托盤：喔啦啦。好重，拿不穩。才不是，沈重的是我，他忖度著，失去平衡。

走出廚房時，他撞上艾洛蒂的丈夫。還好嗎，爸？她的丈夫問他。女婿如此發音、如此表述，爸，好像沒有加連字號[1]似的，喬治像是某種深海哺乳類，能聽出細微地差異。還好、還好，他說，您陪我過去？

兩人從廚房逃開。並肩走，喬治捧著托盤，像服務生那樣，有點醉意，女婿小步蹾著，幾乎是不動的，畢竟還是有在移動，左跳，右跳，換腳，响、响，扭腰，向前方空氣揮出拳，眞的是一片空白，竟沒有任

[1] Beau-père 親家公的法文寫法，帶有連字號。角色因咬字含糊將該詞念成一個字。

何一位欠扁的嘴臉浮現，女婿穿著白色外衣、綠色球鞋。

拳擊，還順利嗎？喬治問，說到拳擊這個字時嗝了一聲，好像被人開門見山地揮了一拳，應該會被聽出來，對方應該感覺得到，唔，不會，相信不會被聽出來。我在準備冠軍賽，尙-米榭說。啊，是嗎？喬治應聲：過來，請您幫我擺托盤，您要不要喝點什麼？

我們能相互稱「你」，都認識這麼久了？尙-米榭說。我不想，喬治說，如果您不覺得妨礙的話，這讓您不習慣嗎？喔不、不，尙-米榭說，我只是說說罷了。相互稱「你」要說些什麼呢？喬治接著說。他用雙眼看著尙-米榭，得瞧瞧他那經典的表情。不，說眞的，他說，要說些什麼呢？現在這樣不是挺好的嗎？您不覺得嗎？來，和我一起喝一杯。

你們在談論什麼？蘇珊開口問。她走過來，懷中抱著小外孫女。她眞是個小美人，她讓喬治想起小時候在鄉下很喜歡的一位女孩，她讓他像是透過遙遠的愛情傳說回想起那女孩，像是透過他自己傳下來的，透過心、思緒，傳給他的親生女兒，而後者急切替他生下一樣的小女孩、一樣的愛，穿越時光鄉間青春的愛，然後來到這兒，在蘇珊的懷裡。

然後蘇珊說出這句：你們在談論什麼？模仿孩子的聲音，她的腔調、說話方式，無可避免地將〔ʃ〕發成〔z〕，舌頭被缺牙的縫卡住，簡言之想模仿小女孩的童音，喬治和尚-米榭吃驚地看著她，她於是閉嘴，她微笑，也害羞。外孫女知道她外婆試著表演腹語術，還有點像，出於禮貌，忍住沒有對她說，婆婆，才不是這樣哪，不是這樣，腹語術，是不動嘴的，說話但看不出來是在講話，喬治在心中暗想。

艾洛蒂站在她身後。手裡牽著小男孩。我跟你爸爸說，我們可以互相用「你」來稱呼但他不願意，他不想，尚-米榭說。我爸就是這樣，艾洛蒂回答。她的回答伴隨著傲慢的頭部動作，然後將牽著男孩的手放開，他頓時孤單一人。不是嗎，爸？她說「不是嗎」的這個態度實在……。接著，緩緩朝父親走去，她一把將他摟住。

喬治也摟住她，他並不害怕。他摟著她是如此地……如此地什麼，激動？不。不安，她怎麼這麼瘦弱，他應該……他想……將她抱緊直到從他內部裡消失爲止，就好像，榨壓她：我清楚你是屬於我的，她的氣味眞好聞，他僅在她耳畔喃喃：唷，是我的女兒？還好嗎？你快樂嗎？告訴我。當然啦，爸，你不用擔心。

喬治接著親吻他的外孫，迷人的外孫女、落單的外孫兒，外孫兒竟也如此出色，他的目光深邃，他和他父親一起練拳擊，被訓練成要搏擊，好，我們都不耐煩，過去用餐吧。

喔啦啦，那些香腸。喬治，看這些香腸。什麼？香腸，怎麼了？他說。呃，對呀，蘇珊說，你沒見到烤焦了嗎？應該要將它們拿起來了。應該要、應該要，喬治說，我原本是這樣想啊，那然後……

艾洛蒂：馬瑟朗不過來嗎？

蘇珊：會呀，大家在等他。

喬治：不用了，還等他啊。

艾洛蒂：他不至於太晚到。

蘇珊：喔，你知道，和他約啊……

他們坐到餐桌上。喬治、蘇珊、外孫們皆坐在陰影下。尚-米榭於太陽下。艾洛蒂也是：沒關係，不妨礙，我有太陽眼鏡，我戴上墨鏡不會造成你的不便吧？才不會。

喬治，於整個用餐時間，都看不到他女兒的眼睛。要有目光交集就只能選擇跟她正前方的丈夫。

尚-米榭對他講述拳擊的故事。喬治用一堆與拳擊有關的電影來回應他。有幾部出色的，他說，多數是悲劇，一部比一部慘。如果您感興趣，您真應該最近找一天來看看拳賽。他提供他幾個看拳賽的座位，如果您感興趣的話。喬治沮喪無法讓他瞭解自己真的一點也不感興趣。好，也許，我不確定。不了，您也知道，我……

他們享受著午餐，啜飲美酒。天氣眞好。有個庭院眞舒服。是的。當天氣好的時候，我們能在戶外用餐。是啊。當然，有一些維護的工作要做。對。得澆花、除草。唔，是囉。小孩子們什麼都沒吃。因爲酷熱的天氣。一定的。來一點烤番茄。不要嗎？冰淇淋：啊，是囉，這個，你喜歡這個，嗯，乖寶貝。我也要，婆婆，我要冰淇淋。

馬瑟朗一個小時後才到，騎重型機車，假使他有那個能力就會騎進來加上一個甩尾，蹂躪這些花兒，U形側滑攪亂草坪，打翻餐桌，捲走桌巾，在身後揮舞，如從敵營奪取來的旗幟，敵人就是這個要消磨的星期天，總之喬治很想如此做。

他特地親吻了他姊姊，簡短地開開玩笑，無恥又諷刺的玩笑。蘇珊早就爲他準備好一盤豐盛的菜餚，一塊肥滋滋的肉。他一口氣掃光沒說任何一句話。他急著想走。他來只是想看看他姊姊。爲了他，她取下墨鏡。他們彼此互看，好像很談得來，像是在跟他姊說，不走，你還在等什麼？午後就這樣過去。

傍晚，天氣溫和，太陽已經落到櫻桃樹後方，孫子們在玩球，蘇珊泡了一壺茶，電話響了，在那邊，屋內，盡頭。

別動，我去接，馬瑟朗說。他舒展搖滾巨星般的身材然後大步朝屋內走去，頭髮兩年沒剪了，紮成一束馬尾。

假使他跑起來，馬尾將在背後擺盪，但他並非奔跑，而是快步走，電話一直響，如果他有必要奔跑，比方說既然……電話一直響，如果他需要一點錢，比方說是爲了……比方說既然……電話還在響，對，喔不，不會是他，他會送一個皮包給他媽，他進到屋內。

有誰要喝茶？我要，喬治說。我也要，艾洛蒂說。男孩拍著球。女孩，因爲腿部的支撐力還不夠，每次都漏接。惹得她哥哥哈哈大笑。他穿著白色短衫。女孩，是一件天藍色有白色蜂窩狀紋路的洋裝。屬於星期天的休閒鞋。孩子正在成長發育的腿。謝了，不用，尙-米榭說。喬治在茶裡加入一點奶。這茶，是皇家伯爵茶。馬瑟朗返回來。

找你的，他說，對他老爸冷笑。我的？喬治說。喬治的心。是的，找你的。是誰？我不知道，一個女的。她沒有說她是誰嗎？沒有。她說了什麼？她說她要找帕雷先生，找喬治．帕雷先生，就是你，不是嗎？不該這麼說。眞不該。當然是我，笨蛋，你叫做馬瑟朗．帕雷是因爲我，我叫做喬治．帕雷。沒有什麼好驕傲的，馬瑟朗說。幸好，喬治沒聽見，他起身。

朝屋內走去。他曾想用跑的，故意放慢了腳步。他於是慢慢地走過去，心裡緊緊的，他喘不過氣。

艾洛蒂問：爸他怎麼了？他啊、他啊，我哪知道，蘇珊說，你想他怎樣？他應該多運動，尙－米榭說。艾洛蒂看著他，像是在對他說，我眞希望你閉嘴，還不如去跟孩子玩。

喬治進到屋內。屋內空蕩蕩的。以爲終於可以獨處了。涼快多了，耳朵嗡嗡作響，被太陽、熱氣、話語弄得頭昏眼花，他走到客廳，接起電話。喂。

是，聲音說，一個非常美妙的聲音，甘願如此，留在此，和這個聲音在一起，只有這個聲音。

我在聽您說，喬治回答，請說。

嗯，就是，我打給您是因爲。因爲什麼？爲了答謝您。謝什麼？她好像有些猶豫。等等，我眞是不明白了，您不是撿到我皮夾的那位先生嗎？是，喬治說。好，呃……那就對了，我一直想謝謝你。就這樣？還有什麼事嗎？我不知道，您或許可以……。我或許可以怎樣？我不知道，可能有想與我見面的想法。見面做什麼？我想沒有必要。我並不意外。什麼？我說我並不意外。聽著。不，我不聽，您太讓我失望了。是她先掛斷的。

9

就是在經過網球場前時喬治意識到他也許正在幹一件蠢事，不怎麼光明正大的事。

爲什麼說是網球場？因爲網球場的大小足以作爲定位點，畫在地圖上近似正方形的一塊面積。

在標記出網球場之前，他可以繼續迷失，或者繼續想著自己已經迷路了，或漫無目的地開車，最後或者選擇放棄，迷失的好處就是有時間去思索。

當他瞥見綠色的鐵絲網，是球無法越過的高度，深褐色的球網、一張空著的裁判椅、紅土上漂亮鮮明的白線，紅與白，磚紅與慘白，銳利、刺痛、令人陶醉又盲目的關係，他開始意識到，意識到自己到底在幹嘛，尋思你這是在做什麼？

依照地圖，往前直走到教堂就對了。我只想看看她住在哪兒，他忖度，一秒鐘都不敢相信自己所想的，但不重要，他前進，事情還在掌控之中，他知道，他清楚某些事，他一直惦念著。

他開到教堂正前方。粉紅色的牆面，不變色的深紫色大門，枝葉叢高高在上。晨光中令人動容的景象，尤其像這樣，沒有人干擾你，獨自一人的早晨，比起其他時候的此刻他更感覺到自己的無所事事，該是他對自己說我眞是個無賴的時刻，不，沒有什麼比早上十點還糟的事，現在是十點鐘，在植物群落交錯的公園。

喬治停好車，下車。他看看周遭深吸一口新鮮空氣。天氣眞宜人，從幾天前就已經進入夏季了。畢竟，他心想，我眞走運，夏天開始了，我深呼吸，然後，他靜靜地呼吸一邊想著他眞走運，他望著和平咖啡館，低垂的窗簾端詳著他，彷彿是在對他說，小夥子，我看你站在那兒一副心懷不軌的樣子，是要幹什麼蠢事吧，過來我的露台坐坐，喝一杯吧，你慢慢思考，你會看得比較清晰。

他點了一杯馬丁尼，詫異竟然點了這玩意兒。他直覺就點了這，卻是一點也不喜歡。他又再點了兩杯，然後，夠醉了，走出咖啡館，尋思，正常來說，根據地圖，如果我右轉再右轉，應該就到學院路了。

的確。

一條幽靜的路。還是鋪石路面。肯定是真的砌石板，或是其他看起來類似的。只要想著它們是一樣的就好了，因爲不然……喔不，一直都是用同樣的砌石鋪成的相同路面。是的，就像忒修斯的船[2]，即使汽車開在鋪石路面會產生更多的噪音，但這畢竟是一條被保護在市井喧囂之外的路。

車子無法進入，因爲已經有幾輛車停了進去，鄰近的道路都是禁行汽車的。喬治走在單號這邊，方便辨識雙號的推進，因此找到八號的所在。

兩層樓的老房子，兩個庭院。左邊，公證人事務所。右邊，聽覺矯正診所。喬治還在思索這是什麼意思，矯正這個詞只讓他想起一位從事齒科矯治的朋友，他接著過到對面去。

2 忒修斯的船（Thésée）：忒修斯回航所乘的船據說在雅典保留了很多年，木頭朽毀後不斷修補替換，後來人們常把部分替換後主體是否仍然保留的哲學命題稱爲忒修斯的船。

停下腳步，望著房子，推開能讓車輛進出的寬門，從拱門下走過。庭院的盡頭，也鋪著砌石，在陽光綠蔭下，可能有一些從乾淨白牆縫隙往天際掙出頭的植物或小小樹，帶有一絲絲令人惋惜的遲緩。

喬治決定了。如果找到她的家，我要去找她的信箱。如果我找到她的信箱，就要把我的信投遞進去。而事實上他就是爲了此事而來的。

他找尋信箱，有了。找屬於瑪格莉特．慕伊兒的那格，放入給她的信，他想道歉。他想跟這女人說關於上次講電話的事，他在電話那頭的舉止，他感到多麼地羞愧。羞愧到在某個星期天生了一場大病，他強調，蘇珊還得找來星期天執業的醫生，付他例假日的出診價。對方是一名親切的金髮年輕人，難以想像的高大，這名代理醫生還得彎身才能進門，然後他診斷了喬治，給他打了一針鎮定劑。

從八號出來，喬治的心情平靜許多。他走在學院路上。忽然停下腳步。一陣後悔，他重讀給她的信。他一個字也想不起來。難怪。信件代表的、這封信代表的，是為珍視的某人而寫，而幾年後雙方回想起來，瑪格莉特．慕伊兒對喬治而言已經被算在內了。

不，他想，我不能對她說這個，不可能，她不該讀這個，我不要她讀信。他往回走。奇怪的感覺，以為時間會倒轉，像倒轉錄影帶那樣，他再次通過那扇能讓車輛或四輪敞篷馬車——上面隨時會走下一位身著灰袍的神祕夫人那種——進入的寬門，然後衝向信箱。

他想將四根手指伸入信箱的縫口，成功了，但他無法觸碰到信件，沒有什麼好驚訝的，這封信已經不再屬於他，寫給對方的字句，一旦寫下，就是屬於對方的了。

喬治不同意這個觀點。對他而言，字句只有在被讀過之後才會屬於慕伊兒。他反悔，他硬扯信箱，使盡全力，拉扯信箱小門，接著猛烈搥打。嘿，夠了，您這是在幹嘛？他聽見背後有人。轉身。

老太太似乎很生氣。細滑的臉龐，蒼白、沒有血色，似乎這些皺紋已經再也沒有能力表達出些什麼，但是那雙眼，它們，非常憤怒，藍色的，非常清澈，清澈到即使沒有怒意也顯得像是有怒意，像鷹眼，是囉，就是這樣，即使老鷹沒有清澈的雙眼，然而老鷹看上去總是在生氣，這讓牠們雙眼清明，一種忿忿不平的目光，這位老太太用忿忿不平的眼神看著喬治。

孩子，您會將全部的信箱砸壞，喬治年紀可以作爲她的兒子，也就說明了老太太的歲數。什麼態度？您是誰？在這裡做什麼？我從沒見過您。我從來沒來過這兒，喬治說，這是第一次，然後……。然後什麼？然後我也從來沒幹過這種事，但是，我一定要拿回我的信，您能幫我嗎？

眼神轉爲溫和，老嫗說：我可憐的朋友，我也想幫啊，心有餘力不足，又說：有那麼嚴重嗎？像是在說，要是您曉得我的年紀，喬治像是會回應：然而，親愛的夫人，這件事，無關年齡哪。

嚴重、當然嚴重，他回說，不，哪嚴重了？不，不嚴重，但是我不願意她讀這封信。所以，很嚴重，老媼說。您認識她嗎？喬治問。見過，老媼說。她人怎樣，我是指眞實的她看起來如何？沒有回應，僅揚揚眉，像是在說人各有其品味，或是呃……您也知道的那種表情。

您從來沒有與她講過話？喬治問。早安、晚安，老媼說。如果您遇見她，您能替我跟她說……。他沒有再說下去，沒有將句子講完，因爲頭起得不好，就是有一些句子會這樣，馬上就感覺到不對勁，心想，這句還是不要再說下去了。他終究想像了那個場面。很簡單。老太太站在門口，正要出去，遇上瑪格莉特．慕伊兒，她從外面進來，一邊找著開啓信箱的鑰匙收信。

老太太：有一封給您的信，來自某位先生。

慕伊兒：哪位先生？

老太太：他沒說出姓名。

慕伊兒：這樣啊。

老太太：他僅僅說了不准你看那封信。

慕伊兒：絕了，是爲什麼？

老太太：我不知道。請把它交給我。

慕伊兒：您要讀？

老太太：我得將它撕毀。

慕伊兒：它是我的。她沒有再說什麼了。現在，她想著他。

10

她讀過信，並沒有因此而死，我們不會因此而死，讀信從未害死過任何人，相反地，有助生活，她回信了。

她很親切地回了信，相較於喬治偽裝柔弱、裝模作樣、總是過度渲染的信，她用三言兩語，細小如蒼蠅腳一般，但清晰、整齊、易讀的字跡，佔據四分之一的信紙空間，告訴喬治她認為事情算是了結了，誤會隨時都會發生，都是因為腦中生出來的某些念頭所致，換言之，這就是信中想表達的意思，而大體上來說也就是如此。

這並沒有讓喬治洩氣。還有點需要像他這樣的男人，有點膽量，可以說沒什麼事能讓他氣餒，那個叫做為愛瘋狂的東西是會讓人勇氣十足的。

他繼續寫信給她，對她講述他的人生，自以為的人生，自傳之神祕，他最終相信，不，他沒完沒了，他相信，他寫信故他相信，我們只有在相信的當下才能提筆，最後我們還只相信這套理論，因為，這是實在的。

那個被他稱之爲無邊寂寞的東西、他原生的病、他的童年，反正都提筆了，就一吐爲快吧。他媽媽在他面前如廁，我不知道是否已經對您說過了，是的，已經說過了，他也已經講過兒時的他對開飛機充滿熱情，他與父親分享這份熱情，好像我們什麼都能分享似的，和我自己的父親？他爸爸尤其是個特例，他從來都不分享任何事，因爲他一無所有，他夢想當飛行員，他曾經著陸一架摩托車。摩托車是不會飛的，她讀了但一直沒有回覆。

某天晚上，他終於在電話那頭讓她吃了一驚。她忘記將答錄機插上。錄音帶裡全是喬治的留言。他每天晚上都撥給她。她從來都不在家，總是由答錄機來回應，答錄機也是爲了這個目的而存在。

今天晚上她在家，她的遺忘洩漏了她在家的事實，活生生的。她對他說：我很高興接到您的來電。起先還順利。接下來就搞砸了。她又說：因爲……。喬治先是注意到動詞avoir[3]：接到我、有了我，他想，她

[3] 法文動詞avoir，除了擁有、有之外，尚有懷抱、征服之意。

擁有我？我屬於她的？她意指什麼？因爲什麼，他說。

她請求他，總是相當有禮但更確切，在確切之中實際上有些許的嚴厲，一個隨時都會轉爲嚴酷具有威脅性的親切，她請求他別再寫信了，讓她靜一靜，求求您，請讓我靜一靜，雖沒有說出請給我一份安寧，不過……

喬治回說不：不、不，請聽我說，不，這樣子是不行的，替我想想，我就平靜了嗎？自從認識您後我就再也不平靜了，畢竟，我想說的是……。是的，喬治，你想說的是什麼？他說：我不明白您拒絕見我的理由，我又不會把您給吃掉，他原本要說「把您給殺了」，過於極端，他於是將動詞殺掉換成吃掉，枉然，既然是要吃掉，不管吃的是什麼，都得先殺掉。瑪格莉特．慕伊兒感受到的就是這樣。當下她開始感到害怕。

害怕？或許不是。還稱不上。像她這樣的一個女人，擅長飛來飛去，人們稱之爲特技雜耍，心臟很強，面對不斷翻轉的地平線沒有一顆堅強有力的心臟怎麼行，所以還需要再那麼一點什麼才能將她嚇唬住，喔，當然，操縱一個男人和駕駛飛機是兩回事，尤其是當這位男人試著玩弄你的時候，就說她不再平靜，也是對的。

某天早上，喔，不嚴重，沒有什麼太過嚴重的事，如果不賴床的話，八點十五分了，接近二十分，不，是二十五分，已經過了，不，是二十五分，妥協吧，八點二十到三十分之間。

開小飛機無法賴以爲生，在一般的情況下，無法讓她溫飽，無法讓她有個寒的住所，無法讓她穿著打扮……等等，也無法讓她買鞋穿，順帶一提，那天早上就爲了她的那雙鞋，她去了一趟巴黎市。現在她發現車子徹底被洩了氣。

她開小飛機是爲了自身的樂趣，也帶給他人樂趣，每個星期天和他們一起翱翔天際，飛越鄉間。她準備去上班，四個輪胎都被刺破了。

擋風玻璃上有一張喬治的留言寫著告誡的字句，我不想讓你走，之類的句子，這並非臨時起意，之類的字句，他寫到，我想耽誤您，與您談談，還算說得過去，我沒有其他更好的方法，是的，我知道，這是小奸小惡的作爲，留言接著寫，不過您也知道，我並非壞人，當我意識到我所做出來的事時，我十分害怕，我想逃離現場，但是，在此之前，我想讓您知道是我戳爆您的汽車輪胎云云，他還將「戳爆」一字給劃掉，像是故意的，仍舊辨識得出來，或許不是故意的，當我們塗掉某些字時，字依舊繼續著它的生命，當校閱自己寫的東西時它還是有作用，他校閱過一遍，將「戳爆」改成「做出此事」。

從現在開始，她得趕快找來緊急修理員，當只有一個輪胎要修時，倒還好，不過現在有四個，她再也無法平靜。說出來吧，她怕了，她自問該如何是好。

當修理師傅來的時候她還在思索。對方是棕色頭髮續著小山羊鬍，穿著上面有些許污漬的白色罩衫，從一台405箱型車走下來。他無法當場處理好輪胎的事。等了一小時就是爲了聽這句話。師傅雙手一攤，無能爲力。接電話的秘書沒有搞懂情況。瑪格莉特．慕伊兒不僅車胎爆了，還四個都爆了！得將富豪車拖走，一輛小車、舊的，也許需要一個臺架。

在修車廠裡等待領回車子時她繼續思考著這件事。她在一間展覽室內耐心等候。有電視可看。一位長相不錯的男孩，年輕的銷售員，他那癡癡的樣子比較像是在引誘她而不是在對她推銷一輛新車。

四個輪胎沒有花她多少錢，但加上人工裝修、緊急修理員派遣、汽車拖曳費也是一筆數目。輪胎是遭利刃刺破的。喬治試圖讓此事無法補救。不過一切都是可以彌補的。證據在此。

當她坐入駕駛座時，修車廠的玻璃帷幕上映出一個太陽的影子。車廠的一名技師望著她，擦拭著雙手。修繕一事告一段落。準備去試車，心想能與她一塊兜風該有多好。她做了決定。她要去報警。

第四章

飛行前駕駛艙檢查

單人駕駛，AV環扣固定，

反碰撞裝置接通，

燃油計量器（最大行程），

轉動，塔台聯繫，118.65，

儀表板。

11

瑪格莉特．慕伊兒不想讓喬治難堪。她不想給他惹來大麻煩。她更不想眞的告他一狀，她認爲這是小家子氣的表現，懦弱、卑鄙，從後方，偷偷摸摸的一擊，蠻橫，像無恥的戰鬥機駕駛，利用耀眼的陽光、雲層做掩飾，你總是從前方與他擦身而過，他在後方，咄咄逼人地追趕你，從你後方彈起，張三李四，小心，快逃，我的老天，快逃，太遲了，他轟出一砲，駕駛座艙爆散開來，發動機著火了，汽油噴濺，臉部被灼燒，他來不及跳出座艙，鋅板機身爆炸開來，他的戰友，淚流滿面，肯定會爲他復仇，一名日本戰鬥機駕駛接受授勳表揚。

不，她想要的是，讓警察去跟喬治．帕雷談談就好了，她當然不是隨便找了一個警察了事。她連絡那名波爾多人貝爾納警官，勇敢的小夥子，也就是他通知她皮夾的事。我們已經找到您的皮夾了，我們願意爲您效勞，派出所的開放時間是早上八時至十二時，下午二時至七時。她當時可說是鬆了一口氣，說了我這就去。

是的，也就是她親眼見過的那位。當她去取回皮夾時還跟他有過簡短交談。她能就此判斷他的親切感。她賞識他，心想，他如此親切是因爲我是一名女子，他用某種眼神看我。她只猜對了一半。他是受到魅力感召，一種我稱之爲獨特的魅力，然而他對所有人都是親切的。

我是那位……您之前與我通過電話。我來拿回我的皮夾，但或許剛剛不是您接聽的。是、是，是我，波爾多人說。那麼您有我的皮夾囉？慕伊兒問。波爾多人反問她：您是在哪裡遺失的？

不是遺失，慕伊兒說，是在路上遭搶的，有人搶走我的皮包，您也找回了我的皮包嗎？噢，很遺憾沒有，貝爾納說。她直直盯著他。而他，他沒敢再抬眼。一開始，他以爲能做到，但是當她望著他的時候他明白了。不是輕蔑，不是瞧不起，畢竟，眼神裡的某個東西，難以克服，不如說是難以理解的東西，相反地，不，是她讀懂您了，我的解釋是：當她看著您的時候，她似乎明白了什麼，您的、有關您的什麼，她什麼也不說，但她像是在對您說我知道，不是在說我全都知道了，不如說是……對呀，她好像全都知道了。

您是在哪裡找到的？我糊塗了，眞搞不懂，離我家這麼遠。那人將您的皮包掏空。沒有收獲。他將皮包棄置某處。他上了公車。爲什麼是公車？他將皮夾掏空。他發現有錢。說眞的，波爾多人說，有錢在裡面嗎？三張五百元鈔票。他將皮夾丟棄在停車場。哪個停車場？大賣場的。哪間大賣場？啊，對，我知道是哪間。他有可能將全部的錢都花在買唱片上。對，是有這可能，慕伊兒說。

然後她想知道是誰撿到她的皮夾。貝爾納告訴她。她希望向這位先生道謝。理所當然地，波爾多人給了她喬治的連絡方式，如身分證般詳細完整的連絡方式，已經是具體的一個人了，她還想知道，喬治看起來怎樣、屬於哪一類人，年輕的還是老的？單純的好奇，您也知道，純粹只是好奇，她重申了一次，又連忙表示歉意。不用客氣，貝爾納說，這很正常。

他還是用「那人」這個字眼。那人年約六十，高大，身高超過一百八，很瘦，幾乎是一頭白髮，一雙怎麼樣的眼，等等，我想想，一雙清澈的眼，對，非常清澈，一雙漂亮的眼但是怪怪的，歷經風霜的容貌，在我看來一定是有某個東西將他摧毀了，也許是一場病，或是遇到一件倒楣的事，煩人難搞的事，簡言之，怪人一個，這點，我應該要講，他跟我閒扯一堆，我啥也沒弄懂，最後，重點？我正想問，慕伊兒說。呃，就是這樣了，波爾多人說，請您在這裡簽名，那麼來日再見了。

外面，派出所前，頂著大太陽，頭髮在風中飛舞，撐著臉靠在車頂，一手扶握著門把，指頭預備好開啓動作，她直視著前方始終沒有任何一點執行力，她尋思那名波爾多人的「那麼來日再見了」暗示著何事。

她撥了通電話給他。我是瑪格莉特．慕伊兒。這通電話是從她的診所打的。我不知道您是否還記得我。他記得她。我之前親自過去處理一件有關……。他記得清清楚楚。您的記憶眞好。畢竟，也是啦。您怎麼了？又遭人攻擊了？

不，不完全如此。終究是，正是如此。我想跟您說的就是這事兒。發生了什麼事？不太嚴重，但還是有傷害，這使我擔心，超出我能忍受的程度，所以我想也許。中斷。

她再次撥號。抱歉，貝爾納說，是我，剛才亂按按鍵。您剛剛說？什麼造成很大程度的傷害？我能親自過去一趟嗎？慕伊兒問。當然可以，但先告訴我發生了什麼事。

就是那個人，那位先生，您也知道，撿到我皮夾的那位先生。是的，波爾多人說，我記得他，呃，還好吧？啊，我被糾纏。爲什麼？波爾多人問，他強求賞金？某種程度上來說，是。怎麼說，某種程度？瑪格莉特差點沒掛上電話。奇怪的是，她竟油然生出出賣喬治的感覺。

然而還是得做，得出賣，不然可能會沒完沒了。總之最後的下場不會太愉快，但還能怎樣？怎麼說某種程度？對方問，他對您做了一些……該怎麼說呢？一些不正派的舉動？不、不。他威脅您？不，算是啦，嗯，也不是，啊，您讓我困惑了。此話怎講？他要求見我一面。然後呢？他想認識我。就這樣？他堅持，還寫信給我。她抖出了他的罪狀。他會自己調適過去的，波爾多人說。我就是怕不會。昨天早上。她欲言又止。昨天早上什麼？她還能夠保持緘默。總而言之是她自己的事。她可以將此事往心裡藏。她越是揭露下去，越想將此事保留住。她畢竟還是說了：他來過我住的那條路。照這樣說下去，繼續說，給喬治一點……一點什麼？該教訓他些什麼？我不知道，也許是一點眞實，有何不可？對，就是這樣，說著說著她讓整件事眞實具體了起來。

她繼續說：他割爆我的汽車輪胎。啊，這樣事情的嚴重性就不同了，很嚴重，非常嚴重，您必須過來派出所一趟。我想講的就是這樣，慕伊兒說，但請注意，我並非想提出訴訟，不是這樣的，我並不願意。

波爾多人回應說一定要備案。她應該要作一份口供。這個字眼的出現竟也讓她一驚：不，聽著，我不想給他惹麻煩，他是一名勇敢的傢伙，她後悔用了「傢伙」這個字。不，我希望的是，請您跟他談一談，有可能嗎？您能替我做這件事嗎？

12

該趕緊行動了，回應與執行之間已經間隔許久，蘇珊要求喬治給圍籬重新上漆，給靠近路邊的那些，鐵絲網，漆上棕色；它們之前是綠色的，一種憂傷的綠色，黯淡，摻有不少黑色的成份。

他有得忙了，是命令，然而當忙碌時我們打發、消磨了什麼？隨便，她認爲這件事能讓他消磨時光，而她是對的。再者，也有這個必要。這個綠色，不僅黯淡憂傷，也眞夠髒了，可以說都變成暗灰色了。所以，正好，一箭雙鵰嘛，替喬治找到實用的消遣，有益身心健康，甚至有益公共衛生，於公於私都會給社區美化帶來貢獻。

總之，所有原來綠色的地方都要漆成棕色，如同生活周遭的一切，自然的整體，植物與人，漆成一種與隔壁鄰居相近的棕色，更接近木製大門的顏色，一種鄉間的美感，陋室茅舍。

還有，當你油漆時，她又補充說，她老是有些要附帶說明的事。喬治巴望她趕快走。他想獨自一人思考。順便也漆一下儲藏室的門，明白嗎？你知道我指的是什麼？好吧，對不起，原諒我，我不是有意找碴，我快遲到了，一整夜沒睡好。那麼，你會去漆吧？我可以信任你吧？

可以、可以，喬治回答。像這類小事，我們可以放心交給他。一陣馬達聲響起。

喬治抬眼望著天空。他仔細觀察天際。盯梢。突然他察覺到被陽光照得亮閃閃的小飛機，似乎在跟他打招呼。他對她的想念又更強烈了。他雙眼朝維拉庫布雷（Villacoublay）方向直盯著她，她開始降落，進入一片白茫的雲層中，他失去她的行蹤，直到聽不見任何一點馬達聲。

然後他對蘇珊說：你有看見小飛機嗎？是一架……。他說出製造商的名稱、廠牌、型式、強度、速度、最大航程。蘇珊說：這又是什麼荒唐想法？

蘇珊走了，早晨時光轉眼晃過。一個美好的早晨。一個陽光燦爛的早晨。天氣已經相當熱了。幾點鐘了？十點。喬治感到相當無所事事、無用、沒有存在感的時刻。

這天早上，他很忙碌。這並不妨礙他思考。反而有益思考。他認爲他不喜歡自己所做的事。痛恨所有試圖讓他轉移對瑪格莉特・慕伊兒想像的事。

他穩穩地站在鋁製梯子的高處。梯子倚靠在屋簷排水管的地方。是塑膠製的，灰褐色。斜斜的瓦片順著排水管而上。屋頂才修復過。換新過不少瓦片。棗紅色的瓦片。

喬治把儲藏室的門重新漆上棕色。屋頂儲藏室由於形狀突出，讓人想到坐著的狗，要說坐著的貓也行，所有能採取坐姿的動物都可以用來形容，也不至於有那麼多，畢竟比有能力站在梯子上的動物稍微多一點，他有點暈眩了。

盯著那扇門，逐漸由髒綠色變成棕色，他還撐得住；但是當門鈴響起轉頭朝下方的大門望去，強烈的眩暈感向他襲來。他閉上雙眼，緊抓著梯子。極短暫的屏息之後，睜開雙眼朝大門方向看去，精神狀況似乎得到內耳的協助，他覺得百合花葉的綠色與小木門的棕色眞是絕配，幾乎與木製的大門配上成年月桂樹樹葉顏色一樣是天生一對。當門鈴再度響起。請進，喬治大聲喊道，門沒上鎖。

走進兩個人。兩個身著制服的員警。

喬治，站在梯子的高處，並沒有認出那名來自波爾多的貝爾納員警，他頭上帶著一頂警帽。再次大喊，但這次的叫喊聲近乎動物性：蘇珊出事了嘛！他差點摔下來，但奇蹟似地被有關瑪格莉特．慕伊兒的念頭支撐住，念頭大概是這樣：那麼我就能自由自在地愛她了。

沒事、沒事，您放心，來自奧蘭治市的魯西安的回答讓他安心。他名叫魯西安，是奧蘭治市人。我們僅想與您談談。喬治，有點站不穩、搖搖晃晃的，回他說，我這就下去。

他從梯子上下來。放下油漆桶，直接了當地將平口刷放到漆桶上，再一併安放到鋪有雙層舊報紙的窗台上：別忘了鋪上報紙，蘇珊的叮嚀。知道，避免留下污漬嘛。

接著用沾有松香水的破抹布擦淨雙手。有些許的灼熱感。肌膚顫抖了起來。氣味眞難聞。有點油膩，雙手顯得油亮。與油膩不同，是油浸浸的。整個擦手的過程他打量著警察。他們目不轉睛地看著他擦手的動作。

您還認得我嗎？貝爾納說。當然，喬治說，剛才在上面時沒有認出來，被警帽遮住了。但現在，認出來了。從正面瞧見，是的，清清楚楚，他說，一邊將破抹布放到窗邊。想想不妥，又將之放到舊報紙上。擔心沾有棕色油漆的抹布在純白的窗櫺上留下污漬：怕留下污漬，他說，露出勉強的笑容。

您重新油漆房子？魯西安問。才不，你想呢，喬治心裡咕噥。我太太將大門還有通往庭院的小門都換新了，他說。於是，很顯然地，事情就一件接著一件。事物的演變。事物的命運。事物都有某種命運。譬如老化這件事。光談這個就好。一旦您將新的事物置於舊的事物中，比如說在一幢老房子裡，那麼所有東西就應該全部換過。一定要。當然囉。不然就顯得突兀。您不得不啊。一直以來就存在的、老舊的馬上就變得讓人受不了。不，千萬別亂碰。這是我給兩位的建議。本來就應該什麼都不要去碰，絕對不要。陳舊，讓其陳舊吧，這是我所樂意的，但是我太太……

您已婚？奧蘭治市的魯西安試探性地問。有三十年了，喬治帶著一絲驕傲回答。我孫子也都有了。看來我們需要一些時間談談。最好進到屋子裡說吧。兩位請進吧？您先請，奧蘭治人說。

他們緩緩走過庭院。奧蘭治人和波爾多人，跟在喬治身後，走得很緩慢。環顧四周，互看對方，像是在說，原來，這裡就是此人住的地方。他們也許就是這麼認爲的。不時地相互對看。

早上的此時，太陽從左邊出來。想找個陰涼角落有些不容易，僅有一處。大太陽下的餐桌，周圍散著凌亂的椅子，好似撞成一團的女模特兒。我整理，喬治說。

他撐起洋傘。冒牌的遮陽傘。親家送的一個禮物。跳樓大拍賣一類的東西。肯定是這樣的，他尋思，每當他從車庫拿出遮陽傘，夾在腋下，攤開，如一面旗幟般地展開它，一片陰影落在另一人的鼻尖，那邊，太陽的所在。

然後，雙手叉腰，被弄得忙不過來似的，得喘口氣，像是在說既然兩位在此：想喝點什麼嗎？

不，謝了，魯西安說，看著貝爾納：你也不用麻煩吧？不用，貝爾納說，看著喬治。遵照兩位的意願，後者說。那麼，要是兩位不介意，我去給自己斟一小杯。請坐稍待。他拉開三張椅子。

等待喬治的同時貝爾納與魯西安低語議論著。他走遠了。要是他仍在場，他們就會談論別的話題，也許他們就開門見山地說了。說明爲什麼來此。他們也是爲了這個而來的。但是在滔滔不絕之後，喬治短暫告辭，於是，等待的時刻，魯西安和貝爾納大肆談論著住在小屋裡的生活。魯西安與妻子、孩子住在公寓裡。貝爾納回應道：是啦，但維修一事畢竟……

然後喬治回來了，手中捧著酒杯。這是第二杯。第一杯已經先在廚房喝掉了，自我麻醉，總之是因爲，接下來等著他的事，他猜想肯定不是什麼好事。

他們脫去警帽。奧蘭治市出生的魯西安是個禿頭。屬於地中海型禿頭，僅剩一圈彷彿桂冠的棕色頭髮。一名羅馬皇帝。一名領事。一名長老。一名謀略哲學家。平凡的詩人。或是……

喬治一股腦兒地坐到椅子上。坐著眞舒服，他說。看似沒什麼，但剛剛在梯子上也有幾個小時了。腳眞痠疼。使勁全力不讓自己摔下來。

我並非怕死。才不，我害怕的是跌倒、摔疼了、死裡逃生。我的右腳好疼。應該是有受傷。我用另一隻腳來調整支撐，就像這樣，瞧見了嗎？等等，待我來看個清楚。他脫去鞋襪。原來，大拇趾整個瘀青了。天哪！兩位看看？他說。另兩人湊過來看。

喬治重新把鞋襪穿上同時繼續說。當他說話時，其他人靜默不語的時間與他嘮叨的時間一樣長。當他穿好襪子時，他把愛爾蘭威士忌一口飲盡。睜著骨碌碌的大眼睛，發出一聲嗝。他曾經在電影中看過如此的場面。放下杯子，看著兩名條子，吃驚、詫異，彷彿說了：來吧？

兩人誰先開砲？

奧蘭治人還是波爾多人？

是警察貝爾納先。

您還記得皮夾的事情嗎？有點隨便的開場。我當然記得，喬治說。

那麼慕伊兒小姐呢？您也記得嗎？是的，記得。

您曾見過她嗎？魯西安問。不，我僅與她通過電話而已。她曾在上幾個星期天時打給我。爲了答謝我。謝什麼，我的老天。當時我沒有時間與她多說。我有家庭聚會。我女兒來家裡。與她的丈夫、孩子。我的孫子們。我兒子當時也在。他沒有孩子。他很年輕就決定不要有孩子。我能理解。爲了繁衍什麼？我們並沒有講很久。也稱不上有講什麼。她謝了我我就這樣，句號。

我明白，魯西安說。他看看貝爾納。貝爾納心想，這是換我了喔。

然後呢？他說，您知道她的近況嗎？我爲什麼會知道？我不知道，魯西安說，您可能會有她的消息也不一定。對，貝爾納說，您也許有。呃，是啊，魯西安說，您也許有。對，貝爾納說，這也說不定啊。對呀，魯西安說，人們先在電話中認識。聊著聊著，之後又再彼此電話問候，貝爾納說。或是之後彼此通信，魯西安說。對，貝爾納說，對，彼此通信。是啊，寫信，魯西安說。眞是一場雙簧表演。當唱片跳針時，只需將歌曲跳往下一曲即可。貝爾納繼續追問：您沒有給她寫過信？

沒有，喬治說。二人面面相覷。其中一人耐不住性子。另一位也是。他們似乎在說，你不覺得他是在瞎唬我們嗎？他爲什麼要耍我們？

耍我們？

聽著，波爾多人貝爾納求饒。我們來此是要幫助您。我們希望您別幹下無聊事。暗示可能還有下一次。派出所員警調查過喬治，在喬治的腦中「無聊事」一詞就彷彿兒子馬塞朗於院子裡馳騁的摩托車，讓他發狂。

無聊事？似乎突然驚動了喬治。哪一類的無聊事？難道我長得像幹無聊事的人？才不是這樣，請看著我。兩位知道我現在的處境嗎？如果我眞的幹出無聊事，你們曉得會是什麼嗎？不知道，波爾多人說。不知道，奧蘭治人說。好吧，我來告訴您。我會幹出和我樓上鄰居一樣的事。失業兩年。五十歲的人。已婚，兩個孩子。和我一樣，魯西安暗忖，這些都還好，接下來呢？他朝自己開了一槍。砰。乓。我們原來在一個女人的一生裡是那麼微不足道。他的妻子再婚了。他們正在全面裝修新房。兩位明白這代表什麼？這表示……哎，糟透了。

聽著，奧蘭治人魯西安嘆道，這一切，是挺哀傷的，不過慕伊兒小姐親自來見我們。她都跟我們說了。她竟做出這種事？喬治說。不可能。她不會這樣做的，不會是她。確實是，魯西安說。混蛋，喬治罵道，不會吧，好一個臭娘們。

他變得苦苦哀憐，僅表現在眼神裡，就這樣，一動也不動，不發一語，緊咬著上、下顎。在這漫無止境的靜默中他似乎得承受眼前閃現一連串不幸、混亂、糟糕的影像，好一個補救的措辭：我壓根兒都沒有想過要傷害她，他說。

她也不想，貝爾納說。貝爾納也不知如何是好。也許他能理解。他現在很想安慰他。因為，畢竟，他理解眼前這男人……是的，直說吧，別怕，他理解此人不幸。

她並沒有做備案記錄，他說。她也不強求您賠償她的損失。她只希望您放過她，讓她安安靜靜地過日子。她要求我們來和您談談。所以，我們只請求您這件事。您能配合嗎？他把身子往前傾將問題直逼他的鼻尖。

喬治垂下頭，鼻子宛如一架墜落的飛機。他的側臉有如停止的協和號。

他吸了吸鼻子。然後想去握住酒杯。杯子是空的。馬的，他說，我受夠這狗屁人生。

魯西安也受不了了。他像是一位給出壞建議或好建議，總之是提出建議的老哲學家，所有的悲劇皆在此，他的年輕夥伴，現在感到抱歉。建議是：假如你想支配大局，就得去抗衡，接受後果。其中一人站起身，這將是扳回一成的開端。

那麼，同意嗎？他說。您願意配合嗎？

願意、願意，喬治說。

您遵守諾言？貝爾納說。

是的，喬治說。

我們能信得過您？魯西安說。

是的，喬治說。

我們能不帶顧慮地離開了？貝爾納說。

我都已經說「是」了，喬治說。

祝您接下來有個愉快的時光，魯西安說。

眞好看，告訴我，您使用的這個油漆，顏色很好看，不是嗎？貝爾納？你也覺得這個顏色好看吧？您要將整個屋子漆成棕色嗎？

13

比賽特（Bicêtre）地區的楓丹白露大道。頂樓。由陽台的凹面、露天台與成排的水管線來判斷，這棟建築物應該有三十年的歷史。對一名女人而言好一個花樣年華。

她有四十了。她處理完刮牙石的任務。她今天的最後一位病人。在齒科，她工作到很晚。

馬塞爾·史威，一個嬌氣的男人，她才碰了那麼一下，他便立刻揚起手示意疼痛，敏捷的速度好比什麼都知道，搶著舉手的小學生。這是他的最後一個療程。就好好地清洗一番牙口。原生的黃牙。

牙醫師慕伊兒不做任何承諾。我又沒辦法將您的乳牙喚回來呀。她指的是那些兒時掉落被藏在枕頭底下的牙。小老鼠會經過搬走。手術僅能讓牙齒回春二十年。

慕伊兒努力洗亮發黃的地方，先從酒渣沈澱物開始。她憋住氣。她帶著一副面罩。與她身上的罩衫同樣是乾淨的水藍色。於頸後綁上一個結，她就像是一名外科手術醫生。

牙結石如垃圾桶蓋般跳起。好幾個月沒清理了。可比清潔隊罷工好些時日的光景。長期的罷工。所有的汙垢、臭氣瞬間被解放。經年累積的穢物也散出來。瑪格莉特停下手邊的工作，深呼一口氣。

老史威也獲喘息機會。嘀咕：嗚啦啦，還眞臭。我眞不敢相信。沒讓您太難受吧？有勇氣的傢伙。他在他的老花眼鏡後方操著心。厚厚的鏡片減弱了他的目光。他整張臉佈滿汗水。好不親切。瑪格莉特愛極他了：沒有，她說，我習慣了。

她是習慣了但是後悔說出此話。她曉得他是敏感的，不單單是口腔，就連靈魂也是。她對他的生活幾乎瞭若指掌。他的生活，每當他來到診所，他都會向她訴說一小部份。畢竟我們無法一次說盡一生的事。爲什麼我要回答他的問題？她尋思。

臭成這樣眞是難以置信，史威說，阻塞的口腔含含糊糊地嚷著一些字句。漱漱口吧，慕伊兒說。

史威往水槽內吐出一堆殘骸，擦了擦嘴，然後用舌尖碰觸他的老牙，牙兒們把情況告訴舌頭。到處都是洞。當他呼吸時空氣從中穿過。他打了個寒顫。天氣實際上很熱。

我們繼續？慕伊兒說。就快結束了。來吧，史威說。他再度躺下，張開口。又閉上，呑嚥。口水流淌。再次將嘴張開至最大。

慕伊兒再次用鑽子刺入牙縫。細而有力的水柱。噴濺。玷污。啊，該死，她對牙床展開進攻。疲勞。弄痛了病人。史威馬上舉起手求饒。您把我弄疼了。流血了。好了，手術完成，慕伊兒說，漱漱口吧。

史威漱口。又從口中吐出一些殘骸，帶血色的口沫，無限延展的口水絲。他無法將它擺脫。還得用手指去弄掉它。他很窘。臉紅了。

瞧您是多麼英俊。好像在髮廊那樣，對您一番荼毒，還說您好看，眞混蛋。慕伊兒將一面鏡子遞給他。年輕史特拉汶斯基的翻版，老史威看著整排牙齒。我能對人微笑了，他心想。然後，鼓起勇氣：我原本想說一件無聊的事，他說。什麼無聊事？慕伊兒問。我本來想說……喔不，太蠢了。說嘛，慕伊兒催促他。惹得她一陣好笑，微笑，她微微一笑，試著解謎。他深呼一口氣然後直接了當地對她說：我本來想要說我終於可以對您微笑了。我還想說「下一次」，但似乎沒有下一次了。當然有啊，瑪格莉特說，您會再來不是嗎？

史威微笑。看著他處。也許就是他的自我所在。他的內在。內在自我。他盯著遠處然後像剛醒來時那樣嘆口氣，望著她，對她說：您能夠朝我傾著身子，挑弄我的神經，挖掘我牙縫的親密時光結束了。他自得地笑了。您眞客氣，慕伊兒說。該走了。天色已晚。

她和他說笑，但這名老糊塗終究還是成功感動她。還能說什麼。講眞心話就足夠了。噢，當然，他對她表現出屬於老年人的坦誠。畢竟不一樣。像今天這樣的夜晚，字句起了化學作用。工作疲憊的狀態下。毫無防衛。字句觸及你。它們利用你的脆弱。言語眞混蛋。

他走了，一天結束了，她解開罩衫上的釦子。並沒有脫下它。打開窗戶。點起一根菸。一根黑貓牌香菸。整個紅色的外包裝。放輕鬆抽菸。

抽菸的同時她聽著大街上的噪音。她望著天空，一切似乎都如此約定俗成，但是依據人生本身，何謂約定俗成？六月的一片夜空。漫無止盡一天的結束。寬廣、溫和。廣邈，暖暖的顏色。暗藍色的單色畫。圓圓大大的夕陽在一片霧氣裡，緩緩地沈落到一排如齒列般的煙囪後方。她注視著太陽。她之所以能夠凝視太陽，因爲它就像她一樣是顆疲憊的太陽。實際上，她急著想上床睡覺。

好了，她說。對煙灰缸說話。讓她等也無濟於事。如往常一樣優雅。舉止恰到好處。輕鬆地脫下罩衫。就是有些女人如此。我說有些。不，並非有些……唯獨一個，她。她朝門的方向去。

走出她的看診室，穿過走廊。伸手敲門。走進一間一模一樣的看診室。同一個，是鏡像。要是沒有此處的存在物，她差點以爲自己不在場。事實上並非如此。有人在。

在診療椅上伸展四肢。放鬆，雙腿朝空中伸展。踩腳踏車的運動。鍛鍊腹部肌肉。

某個朋友在等她？接她下班？是、也不是。非男性友人，是名女的。但不是要來接她下班的。她同樣也在這個地方度過了一天。於這間看診室裡。同樣也是牙醫。爲您介紹：喬瑟華·裴洛曲，出場。

慕伊兒與裴洛曲醫師。兩個老朋友。像兩根手指頭。有共通之處。忙於學業，青春失落，一樣缺錢。我們不妨一起創業？畢竟還是有不同之處。患者的數量。是瑪格莉特的美貌？喬瑟華也不差，另一種類型的美人。還有什麼？二人的興趣。喬瑟華，戲劇。瑪格莉特，飛行。一個世界，一個深溝。還有呢？她倆對男人的看法。

你笑什麼？喬瑟華問。確實，慕伊兒微笑，若有所思的笑。我想起老史威，她說。她打起精神，嘆道：又是一個在最後時刻才表明心意的。也許改變不了什麼，還是讓我心煩。你聽聽看臨走之前他對我做出的告白。喬瑟華心不在焉地聽著。沒在聽，她看著瑪格莉特。她盯著她，帶著一副……表情。她計算著曾經追求過慕伊兒的病人。不說有哪些。

順帶一提，她說，有沒有你那個誰的消息？她正在找合適的形容詞。她大概找到了。怎麼知道？必須等她再次開口。等她說出最好的形容詞。根據……也許是最糟糕的形容詞。找半天，她只有對「那個誰」找到這樣的形容：你沒有你那「粗魯愛慕者」的消息嗎？

這使瑪格莉特不快。她自問爲什麼。爲什麼這比惹惱她更嚴重。她沒料到自己竟會有如此反應。讓她難受。畢竟，也還好。終究還是傷到她。

沒有，她說。沒有進一步的消息。你這麼說好像……，喬瑟華說。

呃，是啊，慕伊兒說，就是這樣。我內疚自己做出那種舉動。我擔心給他惹麻煩。喬瑟華聽得咯咯笑。慕伊兒正視她，好像在說……，我不知道你是想招惹什麼，但……

第五章 引擎測試

馬達引擎關閉，

油壓與燃料，

油溫二十八度，

引擎每分鐘轉速一千七，

搖桿模式1+2/2/1+2/1/1+2/，

每分鐘轉速一二五，引擎維持每分鐘轉速一千七，

柴油加熱器，每分鐘轉速一百，全速放慢，

每分鐘轉速六百降至一百，引擎轉速由一千升至一千二。

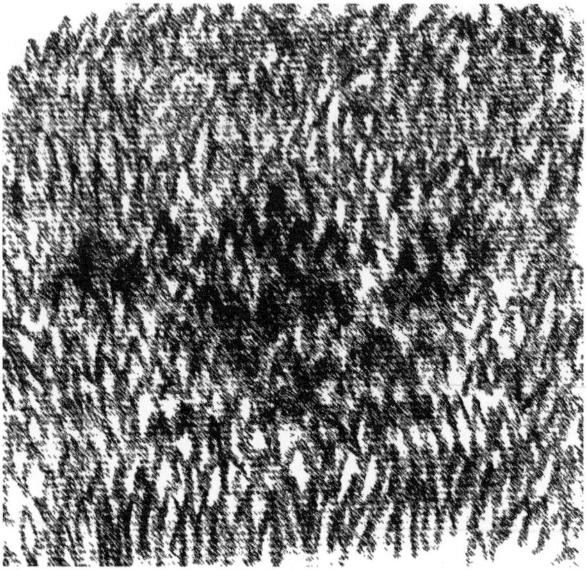

14

即使已經調整至最弱音，鈴響依舊很大聲。畫在調節扭下方的符號根本在騙人。喇叭的形狀。小喇叭表示弱音。強音，大喇叭。大喇叭的聲音可謂驚天動地。小喇叭響聲洪亮。吵醒蘇珊。還嚇著她呢。在這時候響起的電話，準沒好事。

她起身去接電話，仍舊昏昏欲睡，雙腿無力，甚至有點頭疼。不自主地，她朝電視機螢幕瞧了一眼。已經不是同一個節目了。我曾在什麼時候看過？昨天，大概吧，還是剛剛。我好像睡了很久：好了、好了，我這就來了，她說，然後接起電話。

打擾您了，我知道已經很晚了，希望沒將您吵醒，那個聲音說。一個很悅耳的聲音，細小、低沈。您是慕伊兒小姐嗎？蘇珊問。正是本人，瑪格莉特說，驚訝從她口中說出的……我不懂您是怎麼猜到的？透過聲音，蘇珊說，聽聲音。我還是不明白，慕伊兒說。很簡單，蘇珊說，喬治跟我提過。他向我描述過，相信我，當喬治描繪某件事情時，總是精確，而且……

片刻靜默。慕伊兒尋思出了什麼事。無法預料。什麼事都有可能。也許有隻貓嘔吐在地毯上。純粹的假設。瑪格莉特完全不知道帕雷家有養小母貓，名叫小嚙齒，因為牠那濫無節制愛亂咬的貓牙。

而且，蘇珊接著說。語調改變了，近乎懇求的口吻。不完全如此，比較接近嘆氣。對了，她的聲音是在乞求，先是禮貌，說到「而且」時是在嘆氣，就是這樣，這個「而且」，她嘆道：我一直希望，我可以直接對您說，既然您就在電話線上，我倆索性也交談起來了，我們倆、女人和女人之間的事，我一直期待著您的來電。

一旦越過尷尬的「女人和女人之間」一詞，彷彿某種密語，我們彼此理解，慕伊兒最怕這種事，她問：為什麼？為什麼您一直期待？

蘇珊應了聲「哦」。一個充滿淚水的「哦」。一個拉長音的

「哦」。「哦」的尾音很長。從遠處而來。欲量化自身不幸的一位女子的「哦」。謹慎不作聲。以爲她會再多透露些什麼。的確，透過她的靜默不語，清楚被聽見，她忍住，反而被看得更清楚。慕伊兒差點掛上電話。她是從診所撥過來的。

我能和他談談嗎？她說。又一個嘆息。或許可以，蘇珊說，但不是現在，他不在家。還沒回到家或者出門去了？慕伊兒心忖。他在何處？一副這事與她有關地問。這關她事。她早認定這事與她有關。

在電影院，蘇珊說。在第十三區的一間小電影院看一部戰爭片。美國海軍的故事。發生在韓戰時。《獨孤里橋之役》（Les Ponts de Tokori）。軍官與其部隊奉命將之炸毀。主角的任務是……他得於山巒間低空飛行。是一段很長的飛行展演。從四方而來的反美攻擊行動。您將承受激烈的交火。從正面來襲。槍林彈雨？正是如此。祝好運。飛官被打敗。傷勢嚴重，跳傘之前，他還有一點時間回報他的所在位置。指令已經發出。命令將他帶回。不計代價？正是如此。他的夥伴從航空母艦上起飛。用直昇機援救。韓國人定位直昇機所在。只要等直昇機停穩即可。他們早已定位好傘兵的目標位置。飛官的夥伴跳下地面。翻滾。煙霧塵埃。二人相擁。沒有掩護。其中一人重傷。另一人則是沒有足夠的氣力將對方托起。找不到掩蔽物。交火。韓國人將兩人擊斃。

距此不遠，慕伊兒尋思，不妨去等他散場？我稍後再撥電話，她說，謝謝。現在時刻，晚間十點二十分。她打電話給查號台。接著去電影院。電影院的售票員告訴她正確的電影結束時間。瑪格莉特有半個多小時的緩衝時間。

她熄了診所的燈。電梯將她帶往地下二樓。她走在停車場。陰暗淒涼。她一點也不害怕。她的思緒在別處，心思被佔據。她一秒也不懷疑。她就是有把握認出喬治。在未曾謀面的情況下？對。

二一八號停車位。開啟車門。加滿油門。二檔。車頭燈大亮。方向盤左打朝義大利門方向駛去。她拼了命加速，發動器發出噗噗聲響，第一個紅綠燈由黃轉紅。

接下來的幾個路口她同樣無法順利闖關。她開得過快，號誌燈都還來不及轉綠。她趁等紅綠燈的空檔拿出墨鏡戴上。白熾的車燈弄得她眼睛不舒服。然而，實際而言，時間過得並不快。她用不到十分鐘的時間就到了義大利廣場。將車子隨處停了。剩餘的路程就用雙腳來完成。

十點半過了。她進到電影院旁的一家咖啡館內。先確認電影院掛出的海報再進咖啡館。空間不小，夠大，以縱深來看，還算寬敞的咖啡館。原來還別有洞天。

半開放式的露天雅座，活動式的遮雨篷。人們在這類既開放又受到遮蔽的空間可以好好地呼吸。比坐在空蕩蕩的外面好多了。既自由又有屏護。事事難料，突然的狂風驟雨也不無可能。她監視著電影院出口。

她點了雙倍濃縮咖啡，暗忖，這下子不會打瞌睡了。濃縮咖啡由一名頭髮油亮的服務生送上來；他身穿一件潔白到難以想像而且還漿過的圍裙，圍裙足以將黑長褲覆蓋住，於身後打上一個結。瑪格莉特對這一身潔淨頗爲詫異，畢竟時候已不早。對男服務生的笑容也是，看現在都幾點了。她自己則已笑不出來。心想我有我不笑的理由。男服務生的笑容是哀傷的。她看走眼了。對方只是像咖啡機一樣爲您沖泡出一杯咖啡。全看走眼了。以她目前的狀態，不管什麼她都會誤讀。她守視著電影院出口。

一名矮小有斜視的人坐到她面前。眼眶底下一道疤痕劃過左臉頰。他帶著一副特殊眼鏡，厚得透不過氣的鏡片。兩個骨碌碌的眼球轉動起來像兩團黑影。我是詩人，他說。我有才情。然後，他堅持講德文，朗誦一些不屬於他的詩句，大概是某個同樣不幸的人的詩句。瑪格莉特聽懂零零落落幾個單字。但是幾個字彙是不夠的。看來是對牛彈琴，斜視怪人離去。她繼續盯著出口。

十二、三人瑟縮地走出來。天候尚且暖和。美好溫暖的夜晚。雙手叉口袋。怕光。有點反胃。瀝青柏油路上捉摸不透的目光。像是在躲避彼此的目光。似乎對他們剛剛看到的東西感到羞愧。影片的結局是挺駭人的。大家都沒料到會是如此。想保持沈默。

喬治不凡的風采突出在人群中。您適合這類的影片。每一部電影都有其價值，他曾經這麼說過。每部影片都有其可看之處。他直挺挺地走著，髮型有些凌亂。一頭灰白的頭髮被暖風吹亂。昂首闊步，似乎想證明其實他有直起腰桿子的能耐。喔不，他並非要證明什麼。一些時日以來他身上有某些激勵他挺起腰桿的東西。也不是，並沒有什麼激勵或是命令。這太超過了。他挺直身子是因爲想到她。也不至於，他並沒有去想。沒有必要特別去想。她是他身體的一部份於是他站得直挺挺。

他的外套敞開。可以清楚看見他的襯衫，露在外面，淺色的，並非純白但近似。狂風把人們吹得眼淚直流，他的眼睛卻不同其他人，由右而左掃視一遍所處的空間。燈光、行人、車子，一切都讓他覺得有意思。他是平靜的。

瑪格莉特見他經過。他緩步慢行。她肯定這人就是他。她遲疑了一會兒才走出咖啡店。她克制自己，收住多餘的衝動。她可以說是飛撲了出去。才不。明明就是。她決心一試。再者，會改變什麼嗎？就依個人喜好來描述吧。

來到外面之後，她才意識到自己是小跑步。暗想，還是別太超過，你這像什麼樣子？正常地走路就好。喬治走得慢，她很快就趕上他。超越他，接著，轉身，她佇立在他面前。

從電影院出來，沒有什麼事能使人驚訝。任何事情都可能發生，沒什麼好訝異的。一切都自然而然地發生。眼睛還保持在休息的狀態。他看了她良久，在思索，因爲馬路上的噪音加上風會把話吹走，他放大聲音說：怎麼，您愛慕我？二人爆出咯咯笑聲。

不、不是這樣的，瑪格莉特說。她笑。感到……情緒滿溢，她因歡喜而笑。被弄煩了，她咯咯笑得似笨瓜。不，是感到……。什麼？喬治問。他是如此激動地凝視著她。她無法繼續下去。您別這樣瞧我，讓人以爲是……。是什麼？喬治問。沒事，我以爲……喔，對了，我替您擔心。謹愼的語氣讓人難以捉摸。喬治很欣賞。眞的，他說，終究，不相愛的兩人也能爲對方擔心。不是嗎？是啊，有何不可呢？沒有。但是，相愛的兩人能不爲彼此操心嗎？能。您是如何知道我在這裡？

您太太。嗯，是囉，我太太。她很親切，不是嗎？他又用了「不是嗎」的方式說話。眞想摑他一掌。她親切還不足以形容，慕伊兒說。嗯，那麼，喬治說：您的目的是？先去喝杯咖啡吧。心忖：這次，肯定不會打瞌睡了。

並肩走在一起的感覺眞奇妙。我們才剛剛認識。我們之前透過電話彼此交談。當時我們也不期待相見。然後現在我們走在一起，搖搖晃晃的，身體起了磁化作用摩擦著彼此，大概是累了。碰在一起。撞及彼此。想道歉，卻說不出口，不敢。大家都累了。也許兩人基本上可以手勾手。我們來想像一下此景。他倆手牽手，依偎著彼此。然而這件事並沒有發生。二人都在自問爲什麼。暗地裡咒罵：你、我都是個大笨蛋哪。然後一同走進同一間咖啡館。坐到瑪格莉特剛才坐過的位置，餘溫尚存，服務生也還沒來清理。

喬治不喝咖啡。他點一小杯愛爾蘭威士忌。沒有，穿著漿過圍裙的人說。服務生的笑容不見了。剛才，爲了服侍女士，他曾做出努力。但是現在女士有男伴相隨了。她才不在意我的微笑呢。

那有什麼？喬治問他，用漠然的眼神看他，彷彿在審問他哀傷的原因。傻瓜，金髮服務生心中暗罵。他有一副游泳冠軍的神態。未來的世界冠軍說：有約翰走路。行，喬治說，來一點。

呃，那我也是，慕伊兒說。就兩杯吧，喬治說。

他倆喝著威士忌。幾乎不吭聲。淺談輒止。相互注視過短短幾次。很快地目光又迴避開。各自尋思：他覺得我如何？她覺得我如何？不，喬治才不會這樣，他才不管那麼多。不知情的情況下他很滿足。沒人在意的年老風華。

嘿，電影好看嗎？慕伊兒說。哦，喬治應聲。然後呢？慕伊兒說。呃，我希望找回一些印象、一些感動，不知道，說不上來，喬治說，一邊磨蹭雙頰上的鬍渣，發出慕伊兒喜愛的男性的聲音，乾乾、脆脆的，很悅耳。第一次看這部電影是在我小的時候。和我的同伴皮耶·卡宏。當時他個子高，金色的長直髮。他長得與馮塔西歐很神似。漫畫《斯皮魯歷險記》（Le Fantascio de Spirou）裡的馮塔西歐（Fantascio）。您明白我想說什麼嗎？

不明白，慕伊兒說。

我們都是飛機迷。追隨巴克·丹尼（Buck Danny）的軍事冒險漫畫。

是嗎？慕伊兒說，然後呢？

然後什麼？

唔，剛剛的電影，慕伊兒說。

沒什麼，喬治說，沒有特別感動我，連最後那兩名戰友的死，我都認爲是尋常的事，戰爭就是如此，您不以爲然嗎？

她不以爲然。心想自己在這裡是幹嘛。她看著手上的杯子。她不喜歡威士忌。他的那些故事對她來說是疲勞轟炸。她心想：來見他，我做了一生中最傻的事，而他竟與我談論戰爭。我到底是來這裡幹嘛？在床上睡覺不是更好？

您呢？喬治說。他比劃了一個飛行的手勢：您駕駛小飛機的事？我目前沒有太多的空閒，她說，我希望不久之後就能去飛一飛，大概不會是下週日但就快了。她注視著他好一會。垂下眼說：您也來吧。再次抬眼看他，很迅速，只想確定他還在，有在聽她講話。她如果再盯下去，他一定走人。

與您太太一起來吧，她說。

和我太太一起？喬治反問。

這一刻開始，他對她上下打量，從額頭到鼻尖，從耳垂到顴骨，從嘴巴到雙眼，然後又回到她蠕動的雙唇，正在對他說：沒錯，我肯定這能討您太太歡心。

我知道了，他說。

知道什麼？

他站起身，往桌上丟下一張紙鈔，他曾經在電影裡看到人家這麼做。

車內，瑪格莉特．慕伊兒再次回想喬治的眼神。一路綠燈，好不順暢。她原想加快油門。別害死自己啊，她暗地裡想。若因駕駛飛機而死，我倒願意。但車禍喪生，不，太愚蠢了。當她獨自一人，或是開車時，她授權自己使用「愚蠢」這個字眼。她想著喬治的眼神。從有趣的方面來看，是一對好奇的目光。由奇怪的角度看，是有趣的。睜著眼的同時又完全像是在睡覺。對，張開眼睛睡覺。

15

喬瑟華拉開診所大門。外面已經等了好些人，等待的隊伍排在走廊上，鄰近電梯處。現在是早晨九點鐘。

排在第一位的婦人等了半個鐘頭。慕伊兒醫師生病了嗎？她問。喬瑟華對此問題感到詫異。說得也是，人們畢竟很少為醫生的健康操心。

沒有，喬瑟華回話，她遲到了；尋思：關您何事？您請進吧，她說。待診的一共有三人。除婦人之外，另一位較年輕的女人帶著一個孩子，因為是星期三的關係，學校沒課；一名牙膿腫的歪嘴男士，繃著臉，整夜沒睡，神志不清，雙眼流著眼油。

喬瑟華先診療那名男士。其餘二人先在候診室等待，周遭一些玩具、矮桌、散亂過期超過六個月以上的雜誌、被翻爛的週刊，奄奄一息宛如踩腳布。

之後喬瑟華將他們納入自己的管轄範圍。先是八點半到的婦人。然後是小孩。這個時間對小男孩來說太早了，不過他媽媽只有一個人而且一整天還有好多事要做。接著屬於她的患者也陸續來到。瑪格莉特始終沒出現。她到底在搞什麼鬼？

她搖搖晃晃的。跌坐進一張安樂椅中。她的安樂椅，她的搖椅，整個骨架都是用漂亮的紅木做的。甜櫻桃般的暗紅色。座位與椅背並非藤編物，是木材編製的，一切都是木造的。木釘、卡榫、榫眼皆是平滑好看的木材。帳單也是一筆可觀的數目！完美的整體設計。其中天然的年輪亦完美地嵌合。

她繼承父親留下來的rocking-chair。一位在英國人手下做事的法國一流人物，從未自戰爭中復原。與一名英國女子結婚。她一直還活著，離了婚，住在他方，就是倫敦的市郊。爲了這份遺物姊妹倆當時刀鋒相向，眞要大開殺戒。瑪格莉特說了，這張椅子我是要定了。雖然她長得像父親，像同一個模子印出來的，帶有父親的優點，但實在看不出來。

咚咚、咚咚。她搖晃著。發出咚咚聲因爲地板也是木製的。一幢老房子。它正在解體，很緩慢地。它還有時間。某天，冷不防地，它會自行崩垮掉。

明顯的證據，紅磚就地裂開。有些甚至還從地面凸起像是擋在路上的絆腳碎石。精確地說，地板的凸起就在窗邊，搖椅的拱弧像小推車車輪一樣在其上不斷一進一退。

沒辦法將其移置他處。它的位置就是靠近窗邊。而那些咚咚聲響有如滴答聲。類鐘擺的運動。鐘擺協調的韻律。姑且讓時光流逝。

她搖著搖椅，等待染色劑吸收。漂染一類的事，誰知道，女人的玩意兒。染色或是染回原色。她想改變髮色。長度倒不必，還行。目前頭髮的長度是恰恰好。星期六，去一趟髮廊吧，大約午後一點或再晚一點，到時候再看看。耳朵清清爽爽地露出來，好看的側臉。我記得某天她就是這樣坐著，翹著腳，望著遠方，身上是一件白色短上衣、一條藍顏色的裙子，那是一種很特殊的藍色，她身上總穿著難以名之的色彩。

發黃的亂髮，還不說藏在裡頭的白頭髮，煩惱的開始。她爲這事心煩。因爲喬治。那場會面。每次都是這樣，我們撇開重要因素，停留在細節上。例如？與其認爲我沒必要去那邊，或者我去那邊要做什麼？她鑽牛角尖：當時的我大概是蓬頭亂髮，他或許不喜歡我的鼻子。他瞧得挺仔細的。彷彿他這輩子再也見不到她了。有想將她記住的極度焦慮。我希望他沒有注意到我的牙齒。諸如此類的事。他有注意到我的腳嗎？

哼，怎麼？喬瑟華說，你在搞什麼？沒事。你生病了？沒有，我不覺得我生病了。你猜，今天早上有一名你的患者問我你是否病了，我吃了一驚。讓人跌倒的問題，慕伊兒說，在搖椅上搖呀搖。抱起電話，重新坐回椅子上。當搖椅搖至最高點時，她看見藍天下、人行道盡頭的綠樹。低點，她看到窗簾的支架，一根掛滿環扣的銅管，每一個掛環支持著窗簾的重量。紅色與棕色的蘇格蘭花格子布。另一邊也掛著同一條窗簾。我們對那邊的情況不感興趣。瑪格莉特只看得見這邊，左邊。

不，我說認眞的，到底發生什麼事？沒事。怎麼說沒事？我就已經跟你說了，沒事。你的預約病患呢？你有想過嗎？我將他們拋在一邊。啊，你將他們拋到腦後？嘿，我的小姐，沒有病患就沒有錢，沒有錢就別談飛行了，你想過嗎？

我們來想想看。

她買了一架「噴火」小飛機。噴火。很顯然是軍用戰鬥機。好壯麗的一架。需要重新改裝、翻新，那會酷到不行。有米蓋和其他人。其他五人還有米蓋。一票機械狂。還缺四十萬法郎和一名駕駛員。慕伊兒自告奮勇。夥伴們高聲歡呼。不單單爲了錢。他們知道瑪格莉特的飛行技術。他們見識過她的飛行英姿。我也是。某天我跟著她，她貼地飛行，被群樹的樹梢圍繞，她接著沿河飛行，當我見到前方的橋樑時，我想「不會吧」，她不會想幹這事吧！從橋下飛過，正是，我怕死了，僵直身子。

我下午一點去接你。一點整，喬瑟華將車子停在學院路上。停在公證事務所門口。藍色的柵門。禁止閒人進入，蓊綠且開著花的庭院的柵門。庭院的大小給經過的人有足夠時間對著白房子冥想。兩組完美對稱的門前台階。每一扇窗戶敞開的百葉窗是蝴蝶翅膀般的藍色，也許吧。

一輛全新的小歐寶汽車。醜。從後方繞到車翼打量一番。穿過馬路，轉身再瞧一眼。對於新車人們總是會有這樣的反應。

喔啦啦，你的頭髮！你瞧這頭髮，怎麼搞的？變成紅色的，但這次用的是平光染劑，耳朵被凸顯出來，她如往常一樣讓人想咬一口。她身穿一件輕薄的外套，夏天針織一類的外衣，一件淺色長褲、一雙輕便女鞋，總之，人人見到她都會想吻她。喬瑟華將她拉到身邊。我的小屋[1]，她說。多愚蠢哪！我的小小屋。在她心情不好的時候這樣逗她。若眞有急事，她到底是一位勇敢的女孩。來嘛，她說，一起去附近吃點東西。

1 喬瑟華將Maguérite拉長音念成Ma-guérite，意為我的小屋。

去和平咖啡館嘗牛肝料理。天氣真好。女士們聒噪地走進一座公園，推著四輪有蓬的娃娃車，雙胞胎，擠滿嬰孩的推車，幾個年紀較大的孩子跟在後方，相互打鬧，往前方奔跑，孩子們等等，我說請你們等一下，有沒有聽見？

可口的牛肝，火候剛好，配上一球奶油馬鈴薯泥。完美口感。勃根地紅酒也很棒。沁涼爽口。喬瑟華暢飲。瑪格莉特不喝，今天不喝，或是喝得很少。

她謝絕喝酒，用手遮住杯口，沒有人會這樣做。她變得蒼白。放下吃點心用的湯匙。她們正在用點心。使用湯匙她沒辦法將附有一球香草冰淇淋、細緻的蘋果塔切下。還說是古早味呢。喬瑟華用刀叉吃著，對瑪格莉特說：怎麼不用刀子切？接著，明白問題不在用刀切蘋果塔這件事上，又問：你是怎麼了？慕伊兒喘不過氣。她蒼白。雙眼在尋找其他的目標物。當目光無所適從時，就會翻過白眼去。她還不至於如此。還沒，如果再繼續下去就有可能。喬瑟華，背對教堂，轉過身看去。她明白了。

是他嗎？她問。喬治在那兒，一個人，站姿，舉頭望著教堂玫瑰色的牆面。是他嗎？對，慕伊兒說。明白了，喬瑟華說：確實，他還不賴。

他確實還不賴。可以這麼說。這並不表示什麼，不過還是可以這麼說。沒有特意打扮，但眞的優雅。這也不表示什麼。眞的優雅是什麼意思？沒事。沒事，怎麼說？自然的。天生的。幾件衣服。不多餘、不囉嗦。雙手插在口袋。從髮色到長褲的顏色、眼前外套的顏色，皆是好看的灰色系。整體搭配再自然不過了，這是他習慣的穿著。

我過去認他，我這就去，喬瑟華說，你等著瞧。不要、不要，慕伊兒說，千萬不要，別動，待在這兒，喂，喬瑟華！

已經站起來了。嗚啦啦，我喝多了，她說。她一直笑。勉勉強強走穩。她穿過廣場。

她朝喬治背後靠近。輕輕拍在他的肩頭上。喬治轉過身。放她一馬吧，喬瑟華說。誰？喬治問。

轉動上半身指引方向，好美的頸子，喬治注意到她的頸部，喬瑟華的一舉一動總能引起男人的注意，她的穿著也總是顯眼；順著斥裸裸頸子的動作，爲他指引瑪格莉特的所在位置，喬治只盯著頸部看，上方掛垂著一撮髮絲，這一切又被豐厚微笑的雙唇給美化了。

喬治注視咖啡露台。瑪格莉特接收到目光。宛如接到一個拋射物。發不出去的子彈。只能留在想像裡。徹夜不眠，無時無刻都會去想的念頭。

好嘛，過來啦，喬瑟華說，我們走了。

喬治再次盯著教堂。瑪格莉特磨蹭著。拖拖拉拉，千萬個不願離開座位。只想一直待在這兒，多久都好，和他想站在那邊的時間一樣長。她拖拖拉拉地披上外套。她找不到袖口。然後，緩緩地，她拾起打火機。還有她的香煙，又是在拖延。

其實，她正用眼角餘光看喬治。鼠灰色的外套、淺煙煤色的長褲、灰白的頭髮。她好想嘆口氣，但心情沈重的透不過氣。她有氣哽著。她挺直身子，像舒展橫隔膜那樣。無效。沒壓出任何一口氣。呼吸對她而言成了一件痛苦的事。

歐寶車看起來像新出廠的。但還是要記得定期回廠保養。密不可分的慕伊兒和裴洛曲不發一語。各自用各自的方式想著喬治。

午後的約診等著她們。三點，她倆回到工作崗位。午後時光過得還順利。慕伊兒始終都心不在焉。您把我弄疼了。

16

香榭麗舍大道。好比飛行跑道。她將十二條放射狀大道視作如此。她望著香榭大道的盡頭，某種程度上宛似夜晚的奧利機場。

她倆等著穿越馬路。瑪格莉特看右方來車。喬瑟華看著左方，共和廣場方向。她倆好像互不察覺。也許彼此生對方的氣。

她們剛從劇院走出來。一個演員扮演所有的角色。就像一個演員，如此罷了。一會兒正面，一會兒背過身去，一下子相愛，一下子互罵，相互嘲笑，諸如此類。演員照本宣科，趕鴨子上場，演吧。瑪格莉特覺得無聊透頂了。

她們的座位並不理想。太過逼近舞台，最後一刻買到第二排的兩個位子。沒有中場休息。

兩個小時的時間瑪格莉特都在盯著演員的鞋子看，黑色的大球鞋。厚厚的鞋底過去、過來，前進、後退，一名眞正的舞者。

她不時地扭扭頸子，頭向後仰，疲乏了，精疲力盡，甩甩臉。

她凝望著空中。抬眼看著高處，她見到男演員的頭，張著口，發狂的眼神，狂人的目光，讓人信以爲眞，他嚎叫、咳嗽，吐出不明物，他的唾沫混著懸浮的塵埃，在光裡瞬間閃爍然後落下，就像從天際殞落的星辰、慶典上的花火，最後掉進庭院，更加黑暗且冰冷的水塘，靜默不語。

走出戲院喬瑟華說個不停。沒辦法讓她住口。瑪格莉特放棄了。她覺得演員實在太英俊了。唉。非常有魅力。唉。她還覺得他才華洋溢。她收回才華洋溢這字眼，重新找詞。她猶豫。天才？慕伊兒說。終於在紅綠燈處停下。

望著香榭大道，她心想：我還是比較能理解天空，一個人的漆黑夜空，僅有飛行設備的微弱光點。

比天空更遙遠。深入地下。於地鐵車廂內，她無法支配她的情緒。她受不了搖來晃去的列車。駕駛員瘋狂地向前衝。幹嘛急著想回家？想他家的小鬼？他的老婆、孩子？怎樣都好。進站時他死命地煞車，再放開剎車裝置，好粗魯。大家都以爲他是故意的，似乎要把兩個女人摔出去。當然，喬瑟華覺得這眞有趣。

慕伊兒才不這麼認爲。她擺臉色。你幹嘛擺臭臉，喬瑟華說。慕伊兒不吭聲。她頭也不回。對方執意：別跟我說你是……。我是什麼？攻擊來襲。慕伊兒已經採取抗拒。喬瑟華說：你是愛上了那個傢伙。我沒有說喔，慕伊兒說，我什麼都沒說喔，讓我靜一靜，聽見沒？我只求你這件事，讓我一個人安靜。喔啦啦。幹嘛喔啦啦？慕伊兒倏地起身下車。就在語畢你煩死人了之後，列車停穩，車門開啓。慕伊兒匆忙下車，喬瑟華衝上前阻止。

車廂尾端有一名在人力派遣公司廣告看板下打盹的黑人。打著領帶滿臉微笑的人頭相片像是在照看他，彷彿在說別將他弄醒，我不能爲他做些什麼。他雙手交叉於胸前。頭上鬈曲的頭髮因貼靠在車窗上而彈蹦起來。車窗是安全玻璃。經過每一個停靠站他都會睜開眼睛。他看見一名女士起身下車，然後另一名女士伸手將她攔下，捉住她的手臂，對她說不、不，不是這一站，別衝動下車，我們還沒到。接著車門再度關上，他又再度闔上眼。

慕伊兒和裴洛曲走在地下轉運站的長廊裡。空無一人。遠處傳來腳步聲。她們發出來的聲音亦在其中迴盪。感覺好像在下水道似的？老鼠、殘骸，此外僅剩下兩個男人，坐在地上，背靠著牆。一條髒得要命的毛巾上是一條緊靠著他倆熟睡的癩皮狗。夫人們，行行好，給一點零錢買吃的吧。其中一人向路過的女士們伸手討錢。瑪格莉特應該是狠狠地瞪了他一眼。她痛恨一切試圖分散她想喬治的事。既然已經演變成這樣。她匆匆走去，遠離這一切。

那傢伙站起來。步伐踉蹌，他抓住她。捉到她的瞬間，緊緊拉著她的衣服，將她扯過來然後開始譴責、辱罵她，還用穢物玷污她上身。喬瑟華介入調停，將他拉開，接著又推他，他又回來挑釁，她將他擋下，朝他說：吃我一拳吧，這是你自找的。那傢伙眼上挨了拳。他不敢再來了。一名女子竟對他出言如此陽剛，他退縮了。他發抖，回去坐下，坐在地板上，靠著牆，狗妨礙到他，他踹了牠一腳。

我的鈕釦。慕伊兒啜泣。她遺失了一顆鈕釦。那個噁心的傢伙扯掉我的一顆釦子。它現在在哪？啊，我的釦子呢？她尋找它。它滾落。終於找到了。啊，在這兒，她說，我感覺好多了。突然，她若有所思，做出所有人都會有的舉動：將鈕扣放回缺空出來的位置上，彷彿在確定就是從此脫落的，就是這裡，線被扯斷的這個位置，必須縫補起來，她喃喃自語：要是有喬治在就好了。

什麼？喬瑟華反問，你剛剛說什麼？喬瑟華才剛從驚愕之中回過神來，沒聽清楚：你剛才是在對我說話嗎？我說：要是有喬治在就好了。你又在想這事？我好想見到他，你聽見了嗎？我想見他，我必須得見他。必須，這是什麼意思？沒事，不關你事，我去打電話給他。你明天再打吧？不，我不能等到明天，你還不懂，我想現在馬上見到他。選在這時候？不好吧，你瘋了？

她在距離郊區地鐵車站不遠的公用電話亭打電話。喬瑟華奇怪她怎不急著想回家。她自問瑪格莉特難道不會正在……不，才不是，走吧。時間緊迫，就是如此。必須去做，當下，不能等。再者，時候也不早了。她越快打越好。

她進到一間公用電話亭內。喬瑟華在外面等她。出現一對滿臉愁容的夫妻。您也等著使用電話嗎？女士問。她不會佔用很久，喬瑟華說。但，您、您也是等著要打電話嗎？男士問。對，喬瑟華說，我們是一起的。瑪格莉特翻找記事本。她打開公用電話亭的門。我也許還要一會兒，她說，但你們可以使用沿著這條路走下去的那間電話亭，左邊，一百公尺處。這樣呀，感謝，那位焦慮的女士緊緊握著皮夾和電話卡，道了謝。那位來時憂心忡忡的丈夫顯得怒氣沖沖。八成大有問題。喬瑟華竊竊地笑。那對夫妻沿路走下去直到十字路口。左手邊，的確，有一座公用電話亭。兩人放慢腳步，一同穿越馬路。瑪格莉特翻找她的電話卡。喬瑟華在外頭等著。出現一名年輕女孩。您等著使用嗎？她問。她還要好一陣子，喬瑟華解釋。好的，但，您、您也是等著要打電話嗎？年輕女孩反問。慕伊兒還是找不著電話卡。她開啓公用電話亭的門。我也許還要再一會兒，她說，但您往下走還有一間，左邊，約一百公尺處。喬瑟華被此景弄得笑彎了腰。年輕女孩一直走到十字路口。的確，左手邊，有一座公用電話亭。有一對男女正在使用。女孩停在門邊，像是在等候。那名丈夫意識到她的存在，轉過身，打開門。我們還要一陣子，他說，但沿著這條路上去，一百公尺，右邊還有一間。我就是從那邊過來的，年輕女孩說；她是一位頭上編有繁複髮辮的非洲裔女孩：電話亭一樣被佔用。我知道，男人說，總之再走上去看看吧，也許人家用完了。男人似乎很焦急。

慕伊兒尋獲她的電話卡。一張使用金額一百二的電話卡。背面是法國網球公開賽的圖案，一九九五年五月二十九日的法網冠軍賽，兩支交叉成愛心形狀的球拍，叫人聯想到心形魔杖。慕伊兒，靜待著電話撥通，尋思，今年誰會贏得比賽。喬瑟華在外面等。通了。等一下她想問他這件事。蘇珊接聽。

能請喬治聽電話嗎？你看，蘇珊暗忖，她喚他喬治。雖然蘇珊站著打盹，一旦與喬治有關，她可聽得一清二楚。請問是慕伊兒小姐嗎？是，我明白，現在時候不早了，但我能和他說話嗎？他出門去了。還是去看電影嗎？慕伊兒心想，他的人生都泡在電影院裡。不，他並不是去電影院。蘇珊寧可不再多透露。

我得與您談談，慕伊兒說。和我？現在？是……。拜託，只會耽誤一下子。也好，聽著，假如你眞的認爲有需要。

喬瑟華將她的歐寶汽車停在車站附近。她預計在瑪格莉特家中過夜。她行駛在那條沿著網球場興建的路上。接著經過一七九四年的國民議會議員拉卡那爾雕像前，與大人物打招呼後便窮途末路了。她剛剛在不該轉彎的地方轉彎了，接著又遇上單行道，多花了點時間，十分鐘之後，她們抵達目的地，車停在喬治家門口。燈火通明。有一扇點亮的窗戶眞讓人放心。有人在等你，慕伊兒心想。她打開車門。

在原地等我，她說，我不會很久。嘿，眞可笑，你要跟她說什麼？你別管，待在車上等我，馬上回來。她下車，按門鈴，現在已經是午夜時分了。

蘇珊點亮台階的燈。玫瑰花形燈罩內的燈泡照亮門楣。近來剛油漆過的棕色門框閃閃發亮。玫瑰燦爛的紅搭配著青草綠多麼搶眼的對比。青草綠的方格中央綻放朵朵玫瑰。

蘇珊立於燈下，雙腳交叉站在門檻上方，上身微微探出看看究竟是誰，她心裡清楚，但還是不能肯定，事事難料，見有人影，有可能是喬治，但喬治應該不會按門鈴，他有鑰匙，此外，門並沒有上鎖，從來都不曾上鎖，誰知道，事事難料，他有可能忘記帶鑰匙出門，不過按鈴者並不是喬治，然後，經過確認，她揮手示意要對方走過來，就這樣，用手，無須跨出門檻一步，稍微失去一點平衡：請進、請進，她說。

瑪格莉特想去開啓小門。蘇珊又比手畫腳讓她明白門鎖在內側。瑪格莉特將手伸過全新的木製柵欄，將小門打開。然後，踩上二級階梯，她走近。漸漸地她進入主光區。

您和我想像的一模一樣，蘇珊說。她並沒有做夜間的裝扮，身上穿的還是今天穿了一整天的外衣，她僅於肩頭上披了一條圍巾，或說是一件暗綠色的毛質斗篷，她看上去就像一位人家會送暗綠色毛質斗篷的法國女人。今晚天氣畢竟宜人，溫暖的夜晚，不過她就是感覺寒涼，就是有些女人會如此，她們都怕冷，困倦：我曉得我的喬治掛念著您，她說，別站在那邊，您願意進屋裡喝杯熱茶吧？我還沒有要睡，慕伊兒尋思。蘇珊向後退一步，瑪格莉特進屋。

兩個女人走進曼薩頂式[2]沙龍，複折式低矮的天花板，L型長沙發，也

2 Mansarde，流行於法國第二帝國時期的建築形式，亦稱爲複折式屋頂。

是暗綠色的，被置於一個大約有八百多本書的書櫃下方，對面有一台電視機，其上方掛著一幅金框鑲邊畫，左邊是那扇被點亮的窗。

喬瑟華凝望著窗戶。一輛汽車開近到歐寶車旁。喬治，身傾向右，拉下車窗想對這名擋路者說：您就不能停到其他地方去嗎？讓我進家門。他認出喬瑟華，拉上手剎車，解開安全帶，下車。

他的車停在馬路正中央，馬達還在運轉，散熱器剛剛啓動，從車翼處排出熱氣。

喔，是您？他說。您在此做什麼？等我嗎？當然不是，喬瑟華回說，我在等瑪格莉特。啊，是嗎？喬治說。他倚靠在車門旁。您的車，眞的是……他開口，似乎想說「多可怕呀」：但您，倒是挺美的。他將頭探入車內。喬瑟華面帶笑容。身上的安全帶，交叉於胸，過度凸顯她的一雙豐乳。我來將您鬆開，喬治說。他按了紅色按鈕。安全帶自行解開收縮回原位，表情好像在說這不太道德吧，我不想看見這樣的景象。

喬瑟華保持笑容。她身上穿了一件袒胸露肩的絲質套頭衫。喬治緊握住她。帶著某種緩慢勉強的粗魯，他握住她的頸子。他扯著她的秀髮。喬瑟華笑容依舊。她任由她的頸子被撫摸。喬治並非眞的拉扯，只是在感受游移不定、自在的、來自頸部的歡愉。他放掉髮絲，再觸摸、搓一搓、揉一揉。她一直保持微笑。她有一排漂亮的牙齒。她被一陣喇叭鳴聲嚇得跳起來。喬治轉身過去。等等我，他說。

另一輛車，也許是一輛日產、豐田、或是鈴木，總之是輛車身頗寬的日本車被它的同類擋住去路。車內，一位男士佔據駕駛座，是某位鄰居。喬治認得他，因爲至少和他交談過一次。有關分界牆的事。當時那面牆險些就要坍了。是一名數學教師，一點也不友善。他的妻子也是一名教師。原本是他該負責修牆的事，最終是不了了之，沒消沒息。

喬治閃過與他再提一提分界牆的事，但最後還是算了，他動身去調動車子，將之停放至遠處，鎖上車子。

喬瑟華坐在車內思量著這禁密的歡愉，有點衝撞感，但不算過分，還是有那麼一點。她一直很想對他說：你眞是……或者：您眞是個好樣的混蛋。不想再多說。她所做出的反應是默許他回來坐到身旁。

當他們突然出現在客廳裡，像兩名共犯，微醺、摟抱著，蘇珊和瑪格莉特啜飲著熱茶。她倆停止交談，轉身過去，看著他們。現場的三個女人各自想著彼此以爲的事。慕伊兒用她的方式表示抗議，即不發一語，轉身回到原先的姿勢。蘇珊大喇喇地：啊，現在你將她們都帶回家裡來了？才不是這樣，喬治說，這位是瑪格莉特的朋友，你叫做什麼來著？

喬瑟華，喬瑟華回答道，接著又說：對不起，夫人，我眞是口渴，能給我一杯水嗎？

當然、當然，蘇珊說，請隨我來廚房。裡面應有盡有，順便能探知她的幸福，一張原木製的桌子，鄉村麵包的顏色，也許是烤焦麵包的顏色；幾張藤編的椅子；一台電冰箱；靜悄悄洗碗機；混合式料理台；水電、瓦斯；幾乎處處遍佈櫥櫃；具催眠效果的地磚，如迷宮似的，夜晚當睡意找不到出口時，就光著腳走在上面；能看到星空的窗；雙水槽流理台，有兩個水龍頭，其中標示藍色的是冷水，倒滿一杯，請慢用。

同一時間。喬治領著瑪格莉特進到書房，鎖上暗鎖。

您來我家做什麼？喬治叫嚷。啊，別……瑪格莉特說，別嚷嚷，如果您大叫的話我也想尖叫了，此外，在另外兩人面前，我指的是您太太和喬瑟華，根本沒有必要叫嚷，作「叫嚷」的詞類變化時要記得有兩個i，她尋思。對了，剛剛又是怎麼回事？

不賴，喬治說。我說清楚：跟您，是不會有什麼結果的，但和她可就不一定了。那天，我看著她過來，我很肯定有一天她會擁有我，我已經取得先機了。現在請您離開，我再也不想見到您，聽懂了嗎？

第六章
其他飛行前之檢查

著陸制動器，操縱桿於退離位置，開關1+2

總開關拉緊，震盪器開關拉緊，校正器拉緊，燃料加熱器拉緊，

補償儀置於起飛位置，三個自由控制器皆於正確位置，

燃油，壓力熄滅，鞍具，扣緊，燃料儲存槽大開，

自主運作足夠，電唧桶接上，

護窗板拉下一格鎖上，玻璃罩關閉，上鎖，

機身外：無任何阻礙物，電力充足，

調節：維持飛航角度，

調節：高度計，

冬季，降落觸碰跑道前燃料加熱二十秒；但目前是夏季。

17

您弄疼我了。從慕伊兒的看診室傳出來的聲音。求饒聲不斷。這個情況從那天之後就開始了，一名患者抱怨她。

離開之前，僅一桌之隔，她於書桌前記下下一次的預約時間：星期四同一時間？患者委婉地想讓她知道：您終究是把我弄疼了；強調終究這個字，但是不敢過問到底出了什麼事，推斷是因爲工作疲勞，或者神經失控，她也是有敏感的神經，患者尋思。

慕伊兒過於煩躁，眼中流露出某種神色，某種果斷的驚訝，於哪方面，這，這不干他的事，也許關係到他，這甚至讓他有點懼怕，她用某種方式凝視他，彷彿對他有所怨恨，噢，不，不至於如此，起來吧。好了，星期四見。

接下來的幾天都被搞砸了。患者哀哀叫的頻率增高，同時密集度也升高。幾乎是無時無刻。舉起手示意輕一點，但她堅決主張如此，像是在對他們說：你們要知道，你們所承受的這一點小痛苦與我內心所承受的相比，真的算不了什麼，我要是在你們的位置上，我會選擇閉嘴：您可以閉上嘴了，漱漱口。

直到事情急轉直下的那天。對來看牙的那名患者而言並無大礙。對他來說只是有一點尷尬。她並不特別喜歡他。我們不能愛所有的患者。顯然是如此，但目前的情況是，瀕臨精神崩潰邊緣，她對他大開殺戒。

該是那名患者急躁的時候了。傳出一陣：您把我弄疼了，非常痛哇。格外強調「非常」二字。她於是停手。

脫去手術服，她往門邊去，開門，轉身。她讓那名男病患獨自躺著，大嘴開開。您能將嘴閉上了，她在門邊對他說。您別起身亂動，會有人來接手。然後，離去，關上門。

她通過長廊，扔下手術服，一把抓起外套，披上，拿起皮包，敲門然後沒等喬瑟華回應就走進去。她正在忙，患者是一名矮小的老婦，難處理的假牙，她不停地衰老。給你留了一個患者在我的診療室裡，慕伊兒說，如果你願意替我解決的話，我走了，晚點再跟你連絡。喂，你這是要一走了之？你要上哪去啊？嘿，告訴我你要去哪！喬瑟華叫道。

電梯內的鏡像，毅然決然地。往停車場？地下二樓。家族墓地。共用墓穴。外頭天氣是如此美好。恰恰好，飛上天際瞧瞧，趕快發動吧。

汽車沒熄火多久不好發動。發動機還是溫熱的。需要四個小時才能使引擎冷卻。她等不及四個小時。她再試一次。發動。發動機亂響一陣後回穩。她執意。將啓動器拉到底，難聞的汽油味瀰漫，她停下手。得緩一緩，她心想。讓一切沈澱。

上面，幾乎是自由自在的。她操作不當。她沒有瞄準。她停在距離開門鈕太遠的地方。過於右偏。搖下車窗，伸出手臂，儘可能地伸長，一陣壓力向臂膀襲來，她意識到怎樣都無法碰到按鈕，覺得這是某種徵兆。慕伊兒始終都對徵兆抱持恐懼感。

她打開車門，下車，按下按鈕，觸動柵欄的升起，改變了姿態，原先是水平的、擋住、封閉的，一個障礙物，切換成垂直的，看見大道、天空、色彩，引擎熄火。

慕伊兒再次嘗試。發動馬達的同時車門也自動鎖上了。她重新來過。她重複操作駕駛動作。發動器、按鈕、車門。引擎再度熄火。它是故意的，眞是混蛋，她暗罵。不，它的原意是想知會她，對她說，請留心，我的好女孩，你正在做傻事。

一輛寶馬車駛到她後方，車頭燈大亮，引擎優雅地低鳴，停車，靜待，一會兒，然後做出義大利式的鳴笛。那人趕時間。慕伊兒的車停得過於偏右。那輛寶馬無法通過。他拉上手刹車，下車，過來一探究竟。

方臉，一頭灰白，身材保養得不錯，星期天有在慢跑，方巾隱於襯衫下，某某牌的套頭衫。

我的車熄火了，慕伊兒說。我用車來幫您推，那男人說。您不擔心保險桿嗎？慕伊兒說。我就換台車吧，男人說。他有錢。我指的是我的車，慕伊兒說。這是我的名片，男人說，接著幫忙把她的車子推到出口。

她左轉進入楓丹白露大道，上外環道。天氣好熱。她先前已經將兩片玻璃窗拉下。整個人迎著風。她的秀髮不停飛揚。把手移向雙眼之際，髮絲又瞬間飛到別處。沒有多想，只想趕快將遮蔽視線的物體排除掉，又開回到義大利區（巴黎第十三區），她開得眞快，用一隻手開，因爲睫毛一直很癢。

她繞了一圈義大利廣場，朝勾布朗大道駛去，中途經過一家電影院前。還在放映戰爭片。沒有戰機，這一次。地面戰。海報上再現著一位上士，也許是一名下士也說不定，美國人，嘴巴大開，叫喊，也許是下達命令：衝吧孩子們，或是撤退，我的老天，撤退，放下傷兵嗎？別管他了，聽見沒，他死了，我說別管他了，他已經捐軀了，或是叫嚷著渾帳戰爭，頭盔上的皮帶垂掛著，解開了，鬆了。

慕伊兒來不及辨識片名。總之又再次看見那間小咖啡館。實際上並沒有那麼小。和喬治去過的那間。當時她還試著開口找話題。無濟於事。毫無進展。還造成傷害。她想停下車，想說也許他會在此出現？爲什麼他會在此出現？好像只需要期待就會成眞似的。不，我的女孩，你在做夢。再者，停下來要說些什麼呢？呃？該說什麼好？

開到勾布朗大道上，燃生往拉丁區的念頭，不，她選了右邊往聖-馬塞爾的方向，直行到底，通到站前大街，猶疑了一會兒，然後轉駛向左，向右，又回到原處，上路，她埋頭直向前開，對目的地一無所知，但正瞄準車站方向而去。

駛過塞納河時她想起鐘樓。它理應在那兒，她心想，像海陸交界，一再重複，毫不倦怠，對任何人而言是連串聽不見的滴答聲，大海不屬於任何人，機械式的，無論在場或不在場。

它就在那兒。慕伊兒到了能望見大鐘擺的下方。幾點了？她將她的富豪車停好，仰頭對著矯揉造作、過度風格主義、複雜的大鐘，她走向那扇約定俗成名爲啓程的大門。

車站就像其他所有的車站一樣。當我們說「車站」也就表盡其意了。見過一個也就全部都看過了。每天都有抬頭望著空氣的一群人，等待、離去、返回。

和大多數人一樣，她站在時刻表告示板下方，讀前五排的資訊，尚未決定，直到她準備轉身的時候，第六排的訊息在一陣機械喀啦喀啦，像投幣機的聲音中顯現出來，字母正在重組，猶疑不定地拼成字，組成句子：瑪格莉特我愛你。有何不可，一切皆有可能，像這張愚蠢的廣告一樣？正是如此，慕伊兒心忖。

自助餐聽的露天雅座，酒吧座椅、仿大理石的咖啡桌桌面，四周由類銅金屬包著，她點了雙份咖啡。雙份嗎？是的，雙份。一杯雙份濃縮咖啡，服務員記下。

有一根柱子，一根廊柱。慕伊兒看著重逢的人們，已經成年的孩子們迎接祖母、老嬸嬸，圍著她，協助她提行囊，旅途愉快嗎？會不會太累？一對情侶重聚，男人終於結束等待，他的妻子回來了，他去幫她提行李，她同意，看得出來他是如此地開心，他又親吻了她，又再親了她一次，女人感到有些窘，尷尬於大庭廣衆下將她摟抱得過於緊密，交纏，親吻，但他才不在意這些，摟著她的腰，兩人走遠，瑪格莉特的眼睛一直跟隨著他倆，直到隱沒爲止，她一轉身見到喬治。

他從廊柱後方冒出來。她見到他向前走來。他靠近。然後當服務員送上濃縮咖啡順道於小碟子下方壓上一張收據時消失了。

她沒有買車票。懶得理會售票機器上的那些玩意兒是如何操作的。她上車再買票。車已經在行駛了，被關在速度裡。第五車廂，座位四十二號。她選了最廣的視野。風景移動、流逝或者逃開，還以爲是景色在旋轉。

除此之外，她在沈思。當所有的門都緊閉的情況下，她在一個移動的封閉空間裡沈思。她連續沈思了好幾個小時。差不多有五個小時，接下來，一件殘酷的事實：逐漸放慢的車速，與她的心情契合，一場思緒的消退，加倍催眠力，她遠遠看見右方出現港口，光線很美，天空很柔和，蔚藍帶有一點雲，鑲了金邊的雲閃耀著。

是的，眞美。然後一輛計程車將她載到一家旅館前放下。精心擺設了家具的連鎖大旅館樣板。從這座城到另一座城的耐用風格。單單只有顏色做變換。也許讓人想起三〇年代。

五一二號房。床罩和窗帘都是用繡有花草圖案的暗紅色布料作成，寧靜、整齊，一切都好安詳、寧靜，十分完美，兩只電話、一台電視機、吧台、窗戶，從白色布幔透進來的光線染橘了除天空以外本該帶點藍色的東西，那張有寫字墊設計的書桌，大大讓人沮喪。

慕伊兒？沮喪？不。她忍了好幾個小時。由於阻塞，TGV[1]上的

[1] Train à Grande Vitesse，法國高速鐵路的簡稱。

廁所令人倒胃。洗手。她重新梳理頭髮。始終無法將額前的幾根頭髮整理到適當的位置。放棄，自言自語反正我也不太在意這些。她對著鏡子說話。自畫像？自己找答案。總之就是一張臉。她的臉龐凹陷。

精疲力盡？她嗎？是的。她需要睡個飽。吃飯然後睡覺。外出晚餐然後再回到此處休息。

空無一人。爲什麼如此空蕩蕩？選一張餐桌。她可以隨意坐在這邊、那邊或是更遠那邊，有何不可？或是靠近……什麼？什麼都沒有。沒有任何標的物是她可以在一旁棲身的。一切都標準劃一。僅有吧台後方一位衣著隨便的女人對她說您就坐這兒吧。

哪裡呀？慕伊兒想。當女老闆衣著隨便時，講出來的話也漫不經心。雖然不好看但人好，不會打扮，有必要上美容院一趟。她詢問洗手間在哪。她的手提包放在沙發上。左邊。拿起它，繞到那邊去。幕帘後方。

她掀開幕帘，幕帘後方有一片昏暗微光，微光中有一張大桌子，桌子兩旁坐著兩位正在揀香菇的老婦，一名重度身心障礙的人在旁幫忙；算不上重度，是蒙古症兒，當慕伊兒再度詢問洗手間在哪時，就是他回答的。他微笑，覺得她漂亮。我該如何是好？慕伊兒尋思，不舒服？我要昏厥了？

她在樓上自言自語。對正面的那個她說話。將水潑灑上臉。她激勵自己冷靜點。她自言自語，嘗試著，自我打氣，然後下樓，晚餐。身穿運動衣、肩上掛著一條抹布的老闆光臨她的餐桌。嘴裡嚼著東西。您和荷西（José van Dam）貞神似，他對瑪格莉特說。這次貞的離沮喪不遠了。啊，是嗎？那是誰？荷西的分身問。隨便，這不重要，我要買單。她吃飽了，離開。

接著，幾乎整夜，是她與房間的奮戰，將近凌晨四點才入睡。電話在那兒。床兩邊各一。無論她怎麼翻身，它就在那兒。她和牆壁奮戰，還有牆上的東西：畫框以及框內的複製抽象畫，它和周遭的色彩搭配、調和，鹵素燈；她燃起打電話給他的慾望，害怕將他吵醒，想就此長眠，不，千萬別自殺，想開窗，她上床之前就已經打開了，目的是想聽到一點街上的噪音，聽著，有一點車流聲當作背景顯得比較不孤單，想到和喬治在一起的事，杯底的一點威士忌；當她開啓窗戶的刹那，僅一秒鐘，不，千萬別自殺，從五樓跳下去眞可怕，一扇大窗戶，寬且高，因恐懼、冷風打了一身寒顫，把窗戶關上。

幾乎每隔一小時她點亮床頭燈，抽菸。抽她的黑貓牌香菸，Craven A。離開，她滿心歡喜，她打了一場勝仗。房間無法支配她。是她支配、玩弄了房間一場。房間留在原地，瑪格莉特離去。她很開心，來到旅館前方的馬路上，搜索窗戶的所在位置，她微笑，想著，是呀，我們可是折騰了一整夜：你以爲支配了我現在反倒是我略勝一籌：我走了，天氣眞好，溫和的空氣，我要回家了。

幹得好，孩子們：返回作戰基地。

回程的列車上，她坐在一位正閱讀建築叢書、長得像岡斯柏（Serge Gainsbourg）的男士旁邊，她思索著無用的事。她清楚知道現在她該去哪，尋思我應該去的地方就是那兒。

五個小時後，她差不多快到了。她發動汽車，已經冷卻了，啓動。一個半小時後，她到了，重返鄉間，屬於她的，她的天空，她格外地開心，簡單的開心，無須多加解釋，那也許會將之變得複雜。時候不早了。夜降臨。天空呈現浪漫的色彩，一天結束之際的色彩，故事完結的色彩。

她過去見他。空蕩無人，僅僅只有風的呼呼聲。她欲前去敲守衛的門。年邁的西科爾斯基，在廚房裡讀報紙。他與著名的飛機和直升機設計師伊戈爾·伊凡諾維奇·西科爾斯基（Igor Ivanovich Sikorsky）同姓。這款直升機正是在電影《獨孤里橋之役》出現過的，前去救援的駕駛最後在敵人的射擊下與同伴雙雙喪命。

他開門。他的老花眼鏡將視線弄模糊了。他將其下移至鼻端，雙眼炯炯有神。慕伊兒小姐，是您嗎？真的是您嗎？哎唷，好久不見！我過來看看它，慕伊兒說，您能替我開門嗎？

他領著她到飛機棚，轉開人行通道門上的鎖，然後，望著慕伊兒的神情，想像她腦袋裡的思緒，她的頭型真好看，他對此從未有過懷疑，此外，不管他懷疑與否，他所臆測的思緒足以讓她看起來變得美麗；以她現在的年紀，只有靜思才是她想要的，他留下她獨自一人。

她走進去。外頭，寧靜、有風、平整的草地，天確實黑了，蒼穹死沈沈的色彩，喬治能夠清楚想像此景，他看多了這類的電影，飛行戰鬥的前一夜，飛行員們集中心思冥想，正是如此，冥想沈思，思索著我們是什麼、將來又會是什麼、後來又會如何，簡言之，一種靜思的氛圍，如果還不夠，那麼就放點音樂：羅恩格林（Lohengrin）、華格納的唐懷瑟序曲（Mort d'Isolde）。

裡頭，它就在那兒。慕伊兒不打算開燈。昏暗的光線照在它身上顯得更令人爲之驚嘆。它就在那兒。偉大、優雅，看上去像是在等待。並非好像是，它是在等待。如所有等待被觸摸的東西，也因此被稱之爲東西。東西因被觸摸而存在；我們沒有人撫摸，什麼東西都不是。

這隻龐然的巨獸藏身在像是一件老風衣的灰色防雨布下，需要好多小布塊才能縫成這一大件。它等待她伸出手來。

她走向前去像是在看一匹黑馬那般觀賞它：夜晚，出賽的前一天晚上，或是，當女主人翁傷透了心，牠靜靜地在一旁，溫暖帶點酸氣的味道，些微髒污的麥桿，她對牠說話，撫摸牠，傾訴心事，牠的耳朵微微顫動、轉向，並沒有在聽，牠凝望別處，精準地甩頭。它一動也不動。它始終在等待。

麥奇和另外四人，各有所專精，曾經花了好一番工夫重新組裝、上漆，從馬達到整個機身，還有每一根電線，天衣無縫，只有螺旋槳超出屋頂。四個黑色的葉片，尾端漆上黃色。當其轉動時，於模糊的中心四周形成好看的花邊。慕伊兒拉下遮雨布。

一架款式不同的噴火戰鬥機（Spitfire），但應該很接近慕伊兒父親曾經駕駛過的那一架。雙翼紅黑相間並帶有白色條紋。機身外殼是綠色系的迷彩紋。法國軍徽。用黃色點倒寫著表示法國的字符。在迷彩紋裡還有一點灰色。廣播天線。駕駛員座艙。逃生口。震耳欲聾的噪音。雙翼共有四把機關槍。記住這項裝置，是爲了毀滅而使用的：您的任務是……好了，我檢查完畢，沒有問題？祝好運。軍徽上一個大寫的B，然後，遠一點，較小的一行字符寫著：MH 434。

18

她在三重奏的樂聲中醒來，第一章第九小節。老西科爾斯基成了年輕貝多芬的愛好者，總是在年紀一大把的時候才明白自己喜歡的是什麼，就這支曲子，沒有別的。

音樂像一片雲般地穿過地板，上升，迷惑睡在樓上的她，琴弦震動的聲音，光彩奪目之美，前來敲打靈魂之窗，也可以形容爲撫摸她的眼皮、親吻它們、喚醒她的目光。

隨著樂聲傳來咖啡的香味。啊，還有熱咖啡呢：當你醒來時，只要用手杖敲一敲這兒，我就會替你送上早餐。

西科爾斯基離去時曾經說過這段話，然後就將房間和手杖留給她。他替自己弄到這根拐杖是爲了以後著想，萬一哪天雙腿不聽使喚了。此事尚未發生。最終也許是細節問題，不必用拐杖，不然要叫人時……

喂，我的咖啡呢？來不來？

她又再次用手杖於地板上敲了一次，有點不好意思再敲，但她剛剛還是說了：我的咖啡呢？但語氣委婉。她再敲一次。

會不會是因爲她在敲擊的時候沒聽到上樓的腳步聲？手杖剛剛放下，倚在五斗櫃上，其上鋪著整齊的小桌布，一張面帶微笑的肖像，是珍．西科爾斯基，出生於可拉斯（Collas）。房門被打開，先是緩慢地，接著霍然大開。

是我們！

他們唱著進來，是我們，惦著腳尖踩在地板上，列隊成宛如印度舞蹈的形式，由麥奇領頭，捧著盛有咖啡的托盤，接著將之擺放在床尾。她用雙手順理頭髮，迅速地將之攏到耳後。她有一張削瘦如貓的臉，但眼神中閃現愉悅光彩。她很開心見到他們，這四位糊裡糊塗的老友，加上站在中間、捧著托盤的麥奇就是五人。

他們望著她，等著，依著旋律左右搖擺身體，宛如舞者，又，若無其事，要不然大家是會被感動的，他們再往高八度音去，大家都唱不上去，太低音了，像是在說：呃，是啊，怎樣，這就是我們。

好遜喲，我的老天，好遜喲，你們眞是太遜了，慕伊兒說：啊，你們太有機械天賦了，太強了，佩服，喂，四個執著的傻瓜。

加上麥奇便是五個，端著托盤，其他的人從旁協助他，彼此攙扶著手肘，內側兩人扶著麥奇，外側兩人扶著內側的那兩人，又開始了，唱唱跳跳，是我們、是我們，活潑的有如孩童，瑪格莉特似乎很喜歡，她笑了。

四個笨蛋，她說。還有我呢？麥奇說。我很喜歡你哪，眞的，眞的很喜歡你：來吧，全都過來給個擁吻。她要是早知道就該閉嘴。

他們全部都奔至她的床上。一邊兩個，他們搶著要給她獻吻，親在額上、鼻尖上，吻上全身，持續了好一會，她嘗試著將他們趕下床。喔喔喔，麥奇說，我的托盤呢？

啊，就是嘛，慕伊兒說，托盤，還有我的咖啡：快、快、快，下床去，讓他端過來。來人幫一下忙，麥奇說。幫忙什麼？幫忙撐起托盤的四隻腳。是一個有隱藏支架的托盤，拉出來，好了，反折下來的桌腳，現在看來眞像降落中的飛機機輪。

托盤停落在瑪格莉特的雙腿上，將它們包圍起來。托盤上，西科爾斯基打理得眞周到，但願如此，他尋思，看著大家，沒有人注意到他，但他就在那兒，靠在門邊，左腳似乎有些疼，當他過來放有珍相片的五斗櫃拿拐杖時，瑪格莉特看見他了。

珍從來都不會將咖啡杯組拿出來用，或者說是很少用，只有當她認爲場合特殊的時候，彷彿將之看待爲陳年好酒似的，只留待別具意義的那一刻，然而那一刻始終未曾來到，要是不去計較場合的盛大與否，我們也會對微不足道的時刻感到開心，哦，不是這樣，既然有些女人不愛被盛情款待，邀請她小酌一番還白白浪費一瓶酒，因此用一般瓷器待客已經很足夠了。

羅傑，他的名字，羅傑．西科爾斯基，他認爲這樣很值得。再活也沒有多少時光了。他藝術般講究地擺設托盤上的物品，他沖滿一壺咖啡，於窄口瓶中插入鮮花，白色的，不會弄錯，瑪格莉特就是喜愛白花，黃花也喜歡；烤土司，兩片；眞是再次使用精良烤吐司機的機會，它一樣，等待很久了，之前只有在吃燻鮭魚配烤麵包時才會被使用。簡言之，這一切都是充滿著愛，在此得提醒一下，瑪格莉特讓他回憶起同年紀時候的珍，每一個星期天早晨他都會將早餐送至她床邊。

好了，夥伴們，告訴我，他說，不該讓她好好地享用早餐嗎？他們帶著微笑魚貫退出，還做出彷彿在與病房中的病人告別的手勢。

病人，是瑪格莉特嗎？不，才不是，她好得很，非常好，她很開心，非常開心，坐在床上，伴著她的晨光咖啡，音樂聲飄上來，現在只差點上一根菸，會有菸抽的，只要再對著地板敲一敲就行了。啊，不，她尋思，西科爾斯基已經將拐杖帶走了。

她從床上起身去開窗。她想聽清楚飛機的引擎聲。兩架飛機，約莫是同一種機型，等著滑進跑道；第一架是綠白相間，第二架是紅白相間，很好看，螺旋槳在陽光中旋轉，空氣振動，像是某種不耐煩的振動，而非迫不及待。

她穿著睡衣走下樓。是羅傑的睡衣，最漂亮的那件，他捨不得穿，美到不該只是一件睡衣。她問羅傑廁所在哪，脫下還給他，梳洗打理一番，之後，她問羅傑是否有菸。我只有這玩意兒，他說，意在暗示可不是女人抽的淡菸喔。對、對，正是我要的，慕伊兒說，她接過菸，點燃它，完畢，將火遞還給他。自己點燃別人給的菸，對於彼此喜歡的人而言感覺真的不賴，珍就受不了他那些香菸，那麼你們想呢，更別期待能替她點菸。她問他能否借用電話。

19

當玫瑰花樹的樹齡過高開不出花，人們對它的喜愛變質成同情，還是得拔除，不太愉快的經驗但得去做，某個星期天早晨，十點鐘，太陽還隱匿在鄰居的屋頂後方。

喬治彎著腰，使勁拉起植物的根部，它還在抵抗，害他腰都疼了，它緊緊捉著土地，他吃了一驚，因爲就算外表看似已死，內在其實還是活生生的，拼命做出抵抗，宛如在對他說，我其實和你一樣呀，讓我好好靜一靜；他聽見引擎的聲音。

他希望聽見的是飛機引擎聲，遠遠的、輕輕的，變弱直至消逝，他憂憂鬱鬱抬起眼望天空，原來是汽車引擎的聲音。一輛汽車在他家門前停下，恰恰就在車庫門口與人行道的交會處。

帶著強烈的怒意，他準備上前去抗議，要對那大膽、無理的傢伙罵粗話，喔，是一位女士喲，他轉身時認出喬瑟華的歐寶車。

她走下車，用遙控器將車門鎖上，接著，走近大門，按鈴。

不用按了，喬治說，我在這兒，沒看見嗎？我就在這，您沒看見我嗎？當然看見啦，喬瑟華說，不行按嗎？會損壞電鈴？浪費電？您擔心帳單？您是想要我也分擔一部份？我身上有零錢，認眞的，您要不要？

你，你眞混蛋，喬治暗忖。繼續呀，喬治說，您尋我開心。彼此彼此，喬瑟華回嘴，您在做園藝？您想幹嘛？喬治說；語氣並非意味著你想要什麼，不是這樣的，他問她來此一趟又是想搞什麼飛機。

她完全明白。我過來接您，她說。我？喬治應道，幹什麼？去哪？不單單只有您，她說，不然我才不會特地過來。不管一人還是兩人，喬治說，我再重複一次：您想幹嘛？要去哪？去那邊，喬瑟華說。那邊是哪邊？喬治說。他雙手髒兮兮的。他眞想將髒手往喬瑟華潔白的長褲上抹。像是猜謎語：那邊是哪邊？他又重複一次：嗳，您是想要我一再重複問句嗎？我再問一次：那邊，是哪邊？

就是瑪格莉特所在之處，喬瑟華說。誰呀？喬治說。別裝傻了，喬瑟華說，是她請我過來的。來幹嘛？喬治說。她要我將你們帶到那邊，喬瑟華說。哪邊？喬治說。飛機場。幹嘛？喬瑟華回應道：她今早要起飛，她希望你們，您和您太太，一起翱翔。

喬治一直盯著她看，覺得她眞夠普通，他就是喜愛這份平凡，但此刻他無任何感覺，她令他喜愛但並不屬於他，當我們在一位令自己喜愛的女人面前，但她怎樣都不屬於你，呃，結論是：他強烈地想見到慕伊兒。

啊，是您，蘇珊站在台階上說，我還以爲你在跟誰說話呢。和她啊，喬治說。他回說「和她啊」的態度，喬瑟華感覺像是被賞了一巴掌。她心想他眞是渾蛋一個。

渾蛋又接著說：你猜怎麼著，慕伊兒小姐想要帶我們一起去翱翔，你看如何？眞是個好主意，蘇珊應道。既然如此，那很好，喬治囁嚅道：請您在太陽下稍待一會兒，五分鐘之後我們就跟您走。

20

拄著拐杖，老西科爾斯基從正在燉煮紅酒牛肉的廚房裡走出來，迎接歐寶車上的一行人。

喬治第一個下車，轉身，將前座椅扳倒，像一名紳士般地伸手，協助蘇珊鑽出車外。

至於喬瑟華，眼睛轉看往天際，若有所思，深吸一大口空氣，由一陣風吹來的新鮮空氣。

慕伊兒小姐正在試飛，西科爾斯基說。話語從台階那方傳來，支配著其他人。他拿著手杖架勢十足。傷殘的英雄，宛如沒穿制服、沒帶軍帽、沒帶眼鏡的麥克阿瑟。她先試繞一圈，他說，初體驗，不，是入門，初體驗的形容已經過時了，現在要說飛行入門：預計十一點半回程。

我們會在飛機場等她，喬瑟華說：老先生您呢？您一切都好吧？嘿，告訴我這是怎麼一回事，上次沒見您撐著拐杖。這是最後一次了，西科爾斯基想。我還是決定使用拐杖，他說。無力去想像今生會如何了結，疲於無法預知老年開始於何時，他決定就這樣開始吧，從左腳的酸疼開始。

那好，待會見了，喬瑟華說。你們也一塊來，她對其餘二人說。西科爾斯基欲轉身回廚房，燉牛肉的香味讓他想到要提醒喬瑟華：別忘了，我等你們一起用午餐，不要晚過一點，燉牛肉可不等人。當然也邀請你們，他對其餘二位說。別拖延太晚。

蘇珊不甚熱絡。喬治，他，頗受感動，並不是因爲瑪格莉特於天際的存在，不，還沒，每件事物皆有屬於它的時間，他將那份莫大的感動藏著，留待未來，他還是想到了，但先按兵不動，待會兒再思索。

目前，他就像一名宴會中興高采烈的孩子，不知道該往哪去探頭，他現在什麼都還沒瞧見，僅聽見引擎聲，他猜測，他想像。

一座迷你塔台。測風帶幾乎是水平的，兩位女士壓著被吹亂的頭髮。跑道上一架飛機起飛。德製偵測機，飛得相當慢，離地面僅有幾公尺，在跟風力對抗，好像靜止懸浮在空中似的，馬達瘋狂亂叫。蘇珊把喬治拉到一旁：怎麼，你要去坐嗎？

左側，有一排停放飛機的庫房。有兩架飛機，一架接在另一架後方，一架美製索卡塔（Socata）和一架托巴哥（Tobago），旋轉的槳，已經熱身準備好了，只待起飛命令。兩架引擎的呼呼聲在瞬間升高。喬治轉身朝它們看過去。左側庫房的盡頭，他見到慕伊兒的那架噴火號。

看到了嗎？他對蘇珊說，是一架噴火戰鬥機，你能想像嗎？是噴火號。我什麼都不懂，蘇珊應聲道，像是在說隨便啦反正都一樣。一直被大風吹亂頭髮讓她有點煩躁。爲了看她飛行，還得辛苦保持形象。喬瑟華，雙臂交叉，一直在胡思亂想。

我想過去看飛機，喬治說。啊，千萬不要，蘇珊說，求求你，你好好給我待在這裡，不然，我要走了，我覺得好冷。喬瑟華聽著兩人的爭執。好啦，好啦，喬治說，你冷靜點。

該飛機是以塞斯納號機型（Cessna Skylane）的樣板重新修復，掛有F-GSGF號牌，停在有幾尺遠的草坪上。藍白相間。大風吹動它。單靠風力即可將之吹起。

喬治走近，轉看了一圈。繞了好些圈。他停下，走近駕駛座艙，被其中複雜的儀表給震懾，試著想認出所有的刻度板，尋思：這是我一直以來的夢，卻至死也不曾開過飛機。接著，作勢欲動手觸碰，他還是選擇轉身離去。

喬瑟華過來與他們會合。她也許應該對她身旁的蘇珊說以下這句話。沒有，她反而是朝向喬治。看，她在那邊，她說，高舉臂膀用食指指著：她開始盤旋，就在那邊，看見沒？瑪格莉特準備降落。再過兩分鐘，她將會停靠在塞斯納號飛機旁邊。

也許是害怕，或單純的感動，還是因為年紀、冷風，或是綜合著以上種種因素，膀胱無力。

我想上廁所，喬治對喬瑟華偷偷說，您知道廁所在何處嗎？她想像他萎縮的小鼠蹊部：在辦公室那邊，她回答。他遠遠離去，其實已經有一點滲漏出來了。我去尿尿，輕過蘇珊面前時他丟下這句話。這麼剛好，她諷刺地說道。他已走遠。瑪格莉特著陸。

他走進辦公室，不見任何人，再往裡走，到有人的那間。他向那名穿著飛行員夾克、高大帥氣的年輕安地列斯人詢問廁所所在。彷彿電視影集演員的俊容，眼也不抬一下，回應他：就在那邊。喬治走進去。

關上門，尿尿。並非馬上就排出來，有尿意，但是憋太久了，不容易馬上尿出來，持續了一陣子。

他拉上褲拉鍊。沖水，要用按的，按下按鈕。大大一個凹下去的按鈕。從廁所出來。他仍在洗手間內。他可以從那一排洗手台上的鏡子看見自己的背部。他準備離開洗手間。

他感覺一陣奇怪，一個清晰又模糊的感受，某個貼身的東西在衣物之間磨蹭。

沒拉上嗎？他心忖。喬治將手放上去試探。拉鍊、拉環，這片能夠拉上拉下的小物體，恰恰落在上方。是啊，明明就是拉上了，他心想。一秒鐘之後。他不敢亂動了。他原本要離去的，但是，不安的感受讓他遲疑了。不甚舒適的感受逐漸擴大。難道沒有拉上嗎？他暗忖。

他重新檢查一次。這片長方形的小東西，金屬製也好、塑膠也好，結合兩條一陰一陽帶齒的鍊，確實位在上方。他畢竟是有將拉鍊拉上。那麼，還有什麼不對勁的？它是敞開的，他心忖，我感覺到了。

得更詳細地檢查。他正在做。用右手，更坦率些，他探索他的長褲。它是敞開的。結論？拉鍊壞了。兩條齒鍊無望地分開了。遭透了的倒楣感受從頭到腳將他癱瘓。他不敢走出廁所一步。

冷靜，他自言自語，沒事、沒事。小心走路應該不會被察覺。避免劇烈的動作，如履薄冰般的行走即可。自我安慰後，他決心走出廁所。

在蘇珊的見證下，瑪格莉特停靠在塞斯納號旁邊。蘇珊面容憔悴。喬瑟華雖然忌妒但依舊很開心能夠再見到慕伊兒。熄滅引擎，接著打開駕駛艙。她從機上一躍而下，巡視一圈，她笑容滿面。

優雅、輕巧，她重新找回這份獨特的美，高傲的面容像是對這一切的平庸作出辯解；高貴的臉，有點自大，但不帶有任何輕蔑之意，絲毫沒有。她將另一邊的座艙門打開，接著協助他們下飛機。

她載了三名乘客，兩個男人和一個小女孩。那兩人其中一人個頭高帶著一副眼鏡，另一人也同樣是個高個兒，但沒有帶眼鏡。兩人皆因乘坐小飛機翱翔而感動萬分，滿溢著激昂情緒，更尤其是對這名女飛行員著迷、心動。為了緩和激盪的心情，他們轉而對小女孩的感受產生好奇；她完完全全驚呆了，好像剛從超級旋轉木馬上下來：怎樣？好不好玩？喜歡嗎？下次再來好不好？當然還要再來，不只是要來看這名女士，也要體驗飛翔。

從某個時間點開始，她並沒有在聽，她觀察著蘇珊、喬瑟華，並且注意到喬治的缺席，她儘可能地將那三個乘客甩到身後。

喬治沒來嗎？她問，先是給喬瑟華一個擁吻，接著去握蘇珊的手，再來一個親臉禮：來嘛，給您一個問候的擁抱，她說：您丈夫沒來嗎？他不願意過來？他正在某個角落，蘇珊說。明白，慕伊兒說，那好，趁等待的時候我得先去趟辦公室。等我，我很快就處理好了。別擺著那張臉，不會有問題的，您等會兒就知道了。她朝辦公室的方向離去，非常優雅。

喬治從廁所出來。走進那間安地斯人所在的辦公室，他停下腳步，低下頭，彎腰檢查褲襠開口是否明顯。不明顯，拉鍊被旁側的邊布遮住。他繼續向前走。走得很緩慢。安地斯人心想發生什麼事。他想過去瞭解究竟。就在此時，喬治走向門邊時，瑪格莉特從同一側進來，面對面，她碰見喬治。

他們重逢了，或者說是相遇了，太遲了，當然，這也是浪漫迷人之所在，一切的魅力總是在遲來裡。不管怎樣，他們在此，一起，彼此面對面，相互凝視，激動的情緒使得兩人相互保持距離，停駐，無法移動步伐彼此靠近，是的，情緒，這該死的激動情緒，喬治如是想。

如果我不做任何動作，他想，假如我不向前跨出一步，情緒會致我於死地，我知道，我感受到，我的心就要爆開。

他先是慢慢地跨出兩步，然後再快速兩個大步向前消除和她之間的距離，停步，看著她，他一直盯著她看，心想：好長一段時光沒有你，來吧，親吻我，你還在等什麼呢，臭娘們？

他一把捉住她的肩膀，頓時感受到手掌下這份無法形容的幸福，也許形容得出來但現在不是時候，而他使出來的力量，彷彿緊緊掐住心臟，帶有鹽分的水不斷向眼眶擴散開，累積，險些沒有溢出來，她的呼吸越來越快，接著嘰哩呱啦地講了一串話，雜亂無章地胡言亂語，只要別說出我愛你，到此爲止一切都還好，至於他，好像電影裡那樣，他親上她的嘴好讓她安靜，而她任由他親吻，緩慢地、溫柔地，一會兒，兩人分開，對喬治說：得上路了，不是嗎？難道不是嗎？您不以爲然？是，該上路了，喬治說。

第七章
跑道上就位與塔台聯繫後

起飛，速率每小時九十公里，

上升，速率每小時一百三十公里，

直到三百英呎接著收起襟翼，

切斷電唧筒，

引擎，每分鐘轉速最高二千六，

上升，速率每小時一百四十公里，

巡航狀態，引擎每分鐘轉速二千四百五十。

21

雙駕駛操控設備。四個座位。一個駕駛座與三名乘客座位。一個座位在飛行員旁邊，另外兩個在後方。誰要坐在飛機駕駛的旁邊，喬治，或者是蘇珊。

喬治鼓勵蘇珊坐到前座，她拒絕，她早已怕得要死了，她以為坐在後座可以減緩恐懼，或者，遇到衝撞時，受到較多的保護：喔，不要，不要，她說，你去坐吧。

喬治坐在前座，扭扭揑揑地爬上去，為了避免開了口的褲襠被人看見；不會被看見啦。他後方坐著蘇珊。尚有一個空位。

不，喬瑟華不一起同行。飛行，喬瑟華早就有過經驗了。之前都是慕伊兒載她翱翔。某天，瑪格莉特的飛行差點把她給嚇壞。她假裝觸及地面，讓人以為正在降落中，然後突來一個向上竄升。從那時候開始，她再也不坐小飛機了：不了、不了，她對問她「您不一塊來嗎？」的蘇珊說，我怕到了，喬瑟華回答：你們儘管飛吧，無須顧慮我。

瑪格莉特進行功能檢查，然後啓動引擎。螺旋槳顫顫地轉了兩三圈，順利上路，飛機開始動了，首先是在草坪上滑行。

喬瑟華，被引擎噪音震得頭昏腦脹，頭髮在風中飄揚，鞭打、凌虐她，雙眼充滿淚水，是因風而生，原因也不單單是這樣，啓程、離別總是如此，即使我們清楚又不是久別，只是半個小時的缺席，三十分鐘並不長，然而，這一切好像會持續很久。

她望著他們直到跑道的盡頭。她見他們繞行跑道半圈，停下，等待。引擎轟隆作響，機身震動，高速飛奔向前，接著在某個瞬間，毫無察覺地，奇蹟似地兩個機輪離開地面。

她於是與他們分別。

起飛後十五分鐘，飛機在田野之間飛翔。引擎轟轟地轉著。飛機上，一切正常。一切都早就檢查過了所以運作正常。彷彿有檢查就足夠似的。足夠，很夠了。

後座的蘇珊對著農作區漂亮的各色方格冥想著。看，有飛機，我聽見飛機的聲音。

喬治，他，他蜷縮在座位上，翹著腿，留意不要穿幫。

瑪格莉特，還行，她駕駛，似乎很滿意、很高興，不難明白，因爲她所愛的全在此了，一切盡在她眼前、腳下、手邊、身旁，只要轉過頭去，喬治就在那兒，她可以看著他，不用了，沒有必要看，既然現在他喜愛她，她不再需要看了。

喬治，坐在慕伊兒身旁，好像與這一切祥和背道而馳，始終在想有可能的事、不可能的事，或一點可能都沒有的事，當下此刻他認爲一點可能都沒有，或是不再有任何可能。

就在此時，瑪格莉特還眞會挑時間，三人的返航途中，她轉頭看向喬治。她習慣向乘客提議來嘗試一段西科爾斯基所謂的飛行入門，她對喬治也提出一樣的邀請。她讓他操縱駕駛桿。

喔，不要，拜託，蘇珊說。我在這兒，不用擔心，慕伊兒說，不會有危險的，我會盯著，我盯著他。如何？她說，要不要試試看？

喬治接受了。由於接受了，他得移動身子。他伸直雙腿好讓腳踩住踏板。他的褲襠開了小口。他見到它裂開了。早在看見之前，他已經感受到了。

一道可怕的目光來自左手邊，他自我安慰認爲慕伊兒什麼都沒有瞧見。她看見了，她就只有看到這玩意兒。她看見了，她知道喬治知道她看見了，這些足以讓人羞得無地自容的必要條件悲慘地連結在一起，都具備了嗎？對喬治來說是肯定的。同一時間他竟亂踩踏板，猛然將駕駛操縱桿推到底。

地面上，大地上，屬於他的土地，在他的田野裡，尚-巴堤斯特·拉莫，三十二歲，修習過農業經濟，已婚，育有一個小孩，女孩，艾洛蒂，患了痲疹，賴在床上，她不斷地煩她媽媽，她口渴，她要媽媽一直陪著她，但要是她媽媽耗一整天的時間來回答下面這些問題，也別妄想能處理完借貸申請文件：什麼時候我才可以養貓？我可以吃脆片嗎？

除此之外，尙-巴堤斯特，一頭金髮，帶著一副摩登的眼鏡，僅有兩個透明鏡片和兩根細鐵絲般的鏡架。

他正駕駛一輛綠黃相間、怪模怪樣的拖拉機，牽引著機器耙土地，耙平田地。他心想如果法國工人爲農人生產拖拉機，然後用以交換農產品，人生也許可以更簡單地過。老兄，你別做夢了。

他停下拖拉機，捲起一根菸，老式的抽法，煙草放的少就抽得少，並不是特意要延長休息時間，阿姆斯特丹牌的捲菸夾，抽出一張法國OCB牌菸紙，和Rizla牌的一樣細薄，用指頭和舌頭完成一根菸，他用他的Bic打火機點火，然後猛然抬頭望天空。好像被公共農業政策搞得氣炸了。他一直以來都是，但現在比較驚訝於天上發生的事。

小飛機的噪音，他早就習慣了。飛機起飛、降落，他可是天天看，他的地就正好在航道上，並非相當靠近飛機場，但與之平行，會飛過。

那架飛機有著不尋常的飛行軌跡，偏離航道，彷彿駕駛員一直想導正飛行，但一旁似乎有狂人、見鬼的乘客不斷阻撓。

在此表演特技飛行，難以想像，此處根本是禁止的，爲此，是有特別的空間，而且這架飛機，一架羅賓DR 400 Dauphin 80型、編號F-GG XQ，根本不適合這種特技，要做特殊飛行當然有值得建議的機型啦，例如法國製蓋帽231特技航空器（Mudry）。

第八章

降落之後

清除跑道，
收起襟翼，
導正縱傾調整片，
柴油加熱器關閉，
電唧筒切斷，
返回停機坪。

停機坪

停機卡榫，

切斷無線電和VOR，

切斷一切用電設備，

拉起悶滅箱，

切斷1+2開關，

切斷總電源和交流發電機，

拉下窗板並離開飛機，悶滅箱保持拉起狀態，

填寫飛行記錄表。

國家圖書館出版品預行編目資料

出事情 / 克里斯提昂蓋伊(Christian Gailly)著；
陳虹君譯. -- 初版. -- 臺北市：一人, 2010. 08
面：　公分
譯自：L'incident
ISBN 978-986-85413-1-3（平裝）
876.57　　99014346

L'INCIDENT
出事情

作　者　克里斯提昂・蓋伊 Christian Gailly
選書翻譯　陳虹君
編　輯　陳虹君、劉　霽
設　計　方彥翔、吳哲銘

發 行 人　劉　霽
出　版　一人出版社
地址：臺北市南京東路一段二十五號十樓之四
電話：(02)2537-2497
傳眞：(02)2537-4409
網址：Alonepublishing.blogspot.com
信箱：Alonepublishing@gmail.com
總 經 銷　聯合發行股份有限公司
電話：(02)2917-8022
傳眞：(02)2915-6275

二〇一〇年八月　初版
定價新台幣二三０元
L'Incident by Christian Gailly

本書獲法國在台協會《胡品清出版補助計畫》支持出版
Cet ouvrage, publié dans le cadre du Programme d'Aide à la Publication « Hu Pinching » , bénéficie du soutien de l'Institut Français de Taipei.